石玉平 著

长河寻梦

远方出版社

图书在版编目（CIP）数据

长河寻梦 / 石玉平著. -- 呼和浩特： 远方出版社，2024.6

ISBN 978-7-5555-2041-2

Ⅰ. ①长… Ⅱ. ①石… Ⅲ. ①诗词—作品集—中国—当代 ②赋—作品集—中国—当代 Ⅳ. ① I227

中国国家版本馆 CIP 数据核字（2024）第 067257 号

长河寻梦
CHANGHE XUNMENG

著　　者	石玉平
绘　　画	石玉平
特邀审稿	董茂云　曹化一　石　墨　胡文美
责任编辑	云高娃
责任校对	杨晓红
封面设计	晓　乔
版式设计	韩　芳
出版发行	远方出版社
社　　址	呼和浩特市乌兰察布东路 666 号　邮编 010010
电　　话	（0471）2236473 总编室　2236460 发行部
经　　销	新华书店
印　　刷	内蒙古爱信达教育印务有限责任公司
开　　本	787 毫米 ×1092 毫米　1/16
字　　数	135 千
印　　张	13.5
版　　次	2024 年 6 月第 1 版
印　　次	2024 年 6 月第 1 次印刷
标准书号	ISBN 978-7-5555-2041-2
定　　价	96.00 元

如发现印装质量问题，请与出版社联系调换

序言

石玉平先生，塞外诗人，北疆才子也。先生诗文集付梓在即，嘱余为序。先生当今名士，声望籍甚；余一介穷儒，人微命重，难免附骥之讥，乃固辞，竟不获许，遂悉撰弁言数行以就教焉。

自古江南多才子，北地出英豪。先生出生于荒寒之地，长成于游牧之乡，其父早年投身革命，为内蒙古自治区革命元勋。先生幼年饱受颠沛流离之苦，长而经历十年动荡之痛，其性仁和坚毅，其才鸿博赡富。美术其专业，文史其特长。兼之敏而好学，谦以应物，积学累德，为官自律，卓然社会贤达，文坛翘楚。

先生以诗词为余事，初不以格律为意，有感而发，兴至乃作，不求工整，风格自见。后期则以近体诗为主，间有自度曲词，堪称独创。惜乎日久年深，所作诗文，多有散佚，先生颇以为恨。余以为文章在精不在多，零金散玉，弥足珍贵。"披寒星，戴冷月，走马苍原。凌风向天际，横泪扬鞭。穿夜幕青女翩然，踏层冰梨花飞旋。昔日里，边关惨淡，远逝了往日风烟。一路上，沙草浑茫，久违了旧世容颜。只为了，八千里几度重缘。宁可是，化长风，逐烈马，无愧对长天。"烈马追风，霜蹄踏月，边关飞雪，壮士悲歌。何等激昂慷慨，雄浑苍凉！远可追岑嘉州王右丞，近可比纳兰容若。此词一出，赞誉鹊起，著名作曲家为之谱曲，广为传唱。

先生以艺术家的视角和诗人的情怀，登山临水，览胜寻幽，为祖国大好河山而陶醉，为家乡壮丽景色而讴歌。气充则笔健，情深则赋美。《内蒙古赋》，洋洋洒洒，意境恢宏，巍巍兴安，茫茫戈壁，阴山连绵，草原辽阔。人文地理，尽收眼底；边疆风貌，如数家珍。长篇大赋，一气呵成。可谓胸罗万象，口吐珠玑。《蒙古马赋》《河套赋》等，俱为佳作，举重若轻，游刃有余。

先生友于纯孝，出于天性。交人以诚，胜过金兰之契；事亲以爱，能著老莱之衣。"玉兔高升照蓟城，莲湖秋水聚漂萍。苍颜相觑芳华逝，老酒同斟旧意浓。""啼血含辛相系，余年偕母闲游。天伦之美满心头。才回春意暖，却又泛离愁。"款款深情，溢于言表。先生重情念旧，感恩惜缘。集中悼亡诗占相当比重，尤其是祭先父之诗文，缘于至情，发于至恸，读之令人动容。授业恩师亡故，先生托诗以寄哀，耿耿而不忘。"惊梦魁星坠九原，边关萧索晚秋寒。风吹黄水浮霜月，雁荡青山向远天。昔日良驹逢伯乐，当今俊杰会凌烟。垂情化作无声雨，清润蕃滋九畹兰。"这是追念中学老师兰尚廉的诗句，诗人巧用九畹芝兰的典故，赞扬老师育才有方，桃李满天下。不言悼而含悲，幸知遇而感恩矣。

先生气质豪迈，诗风意境辽阔，蕴含深远。其怀古咏史之什，如《偏关怀古》《夏陵夕照》等，置之唐诗卷中，俨然唐人口吻；作于当今之世，不逊汉魏之风。而其写景咏物之章，亦不乏清词丽句，令人回味无穷，颊齿生香。限于篇幅，兹不赘述，读者自有公论。

冯永林
于壬寅夏至后二日

目 录

古风·雪原夜	二
七绝二首·桃花记	三
古风·读杭州	四
七绝四首·深山采风	五
七律·游三峡	七
四言诗·黄沙漫	八
古风四首·漠中吟	一〇
古风·嘎仙洞	一二
七绝二首·草原行	一三
古风·父与伯	一四
古风·秦淮河	一六
古风·普陀山	一七
七绝·折梅	一八
七律·登庐山	一九
七绝四首·思父	二〇
古风·登黄山	二二
七律·颐和园	二三

古风·送吴兄	二四
七绝·黄河老牛湾	二五
七律·三闲室	二六
七绝·塞上阳春	二七
七律·游凤凰古城	二八
古风·咏昭君	二九
七绝·春雪	三〇
七律·游避暑山庄	三一
七绝·和国璋兄	三二
古风·六旬之悟	三三
七律·北京奥运会开幕（新韵）	三五
七律四首·咏兴安	三六
七律·己丑元宵夜	三八
七律·唱新韵	三九
七律·忆流年	四〇
七律·赠陈莎莎女士	四一
七律·送春	四二
七律·点梅	四三
七律·立秋	四四
七律·听禅歌	四五
七律·元宵节	四六

七律四首·三上普陀 ... 四七

七律·游镇江 ... 四九

七律·丰都鬼城 ... 五〇

七律·白帝城 ... 五一

七律·登五当 ... 五二

七律·三友作梅 ... 五三

五律二首·河套行 ... 五四

七律·贺兰山 ... 五五

五律·和冯永林并赠土默特文化研究会 ... 五六

五律·与化一兄天池品茶 ... 五七

七律·四友会青城 ... 五八

七律·肯尼亚印象 ... 五九

七律·咏程旭光 ... 六〇

七律·咏大学兄 ... 六一

七律·悼卢宾先生 ... 六二

七律·记妥木斯先生 ... 六三

七律·咏张峻德 ... 六四

七律·追念邱石冥老先生 ... 六五

七律·追念王之英老先生 ... 六六

七绝三首·冬雪 ... 六七

七律·无题 ... 六八

七律·桃园雅聚	六九
七律二首·和友人《菊花醉》	七〇
七律·文人雅集	七一
五律·吊西路军将士	七二
七律·和友人《酬宾曲》	七三
七律二首·追念潘志成	七四
七律·夏陵夕照	七五
七律·探赏山中岩画	七六
七律·观九三阅兵有感	七七
七律·偏关怀古	七八
七律·梦中归	七九
七律·玫子花甲有一	八〇
七律·和友人《南江峡谷》	八一
七律·贵州采风	八二
五律·和友人《梦回》	八三
七律·追念恩师兰尚廉	八四
七律·与维生笑谈当年	八五
七律·元日游	八六
古风·无题	八七
五律·天涯寻梦	八八
七律·和友人本命年戊戌抒怀	八九

七律·蜜月湖畔	九〇
七律·挚友聚京都	九一
七绝·咏梅	九二
七律·悼刘少华	九三
七律·悼王青平	九四
七律·和友人《少年骑手》	九五
七律·赞赵云东《牧野心歌》	九六
古风·题康小林摄影《秋雪》	九七
七律·遵维生之嘱，步景亮韵《老友再聚海南》	九八
古风·醉乡	九九
七绝·清明	一〇〇
七律·和友人《北疆之夏》	一〇一
古风·相聚半山半岛	一〇二
古风·读杜甫《子规》	一〇三
七律·贺中国共产党百年华诞	一〇四
古风·记磴口童趣	一〇五
七绝二首·和国璋兄《剪春》	一〇六
七律·和赵云东	一〇七
七绝·诀别	一〇八
古风·遗梦	一〇九
古风·伤春	一一〇

古风·醉卧高原	一一一
古风·望江楼	一一二
五律·痴醉草原	一一三
古风·雪夜	一一四
七绝·垂钓郊外	一一五
满江红·清水河怀古	一一八
自度曲·草原即景	一一九
自度曲·大漠敦煌	一二〇
自度曲·旧日沙场	一二一
自度曲·庙廊一叹	一二二
丁忧曲·泣空楼	一二三
虞美人·烟雨扬州	一二四
天仙子·鹊桥吟	一二五
踏莎行·避暑山庄	一二六
自度曲·思乡	一二七
自度曲·雁荡山	一二八
自度曲·白马寺	一二九
天仙子·梦云鹤	一三〇
水调歌头·冰雪阿尔山	一三一
钗头凤·读《塞香阁诗词》有感	一三二
念奴娇·绵山行	一三三

卜算子慢·盛乐古城　　　　　　　　　一三四

钗头凤·折红美　　　　　　　　　　　一三五

雪梅香·记《内蒙古画报》出刊六十年　　一三六

沁园春·兴安岭　　　　　　　　　　　一三七

苏幕遮·思父　　　　　　　　　　　　一三八

朝中措·无题　　　　　　　　　　　　一三九

临江仙·六月悲情　　　　　　　　　　一四〇

莺啼序·碧玉之原　　　　　　　　　　一四一

莺啼序·黄金之原　　　　　　　　　　一四二

莺啼序·白银之原　　　　　　　　　　一四三

钗头凤·乌素图　　　　　　　　　　　一四四

临江仙·沙漠行　　　　　　　　　　　一四五

念奴娇·为侄女石晓天与张大鹏新婚之喜而作　一四六

临江仙·为宝墨、晶晶新婚而作　　　　一四七

自度曲·追念王伯伯　　　　　　　　　一四八

西江月·瀚海行　　　　　　　　　　　一四九

鹧鸪天·无题　　　　　　　　　　　　一五〇

临江仙·偕母闲游　　　　　　　　　　一五一

唐多令·和友人冯永林　　　　　　　　一五二

念奴娇·为内蒙古诗词朗诵会而作　　　一五三

满江红·老牛坡怀古　　　　　　　　　一五四

念奴娇·绿满清水河	一五五
鹧鸪天·悼爱婿王建	一五六
沁园春·茶之路	一五七
满江红·流年遐想	一五八
鹊桥仙·贺董平、贾智慧新婚之喜	一五九
忆秦娥·故乡飞雪	一六〇
八声甘州·海角天涯	一六一
一剪梅·春雨	一六二
鹧鸪天·鹭岛	一六三
锦堂春·读韩菲菲诗词有感	一六四
更漏子·雅集	一六五
渔家傲·贺挚友维生七十四寿辰	一六六
诉衷情·牧村拂晓	一六七
临江仙·中秋夜	一六八
长相思·愁	一六九
河套赋	一七二
为卫庆国《坐而论道》作序	一七五
为托县城雕《黄河颂》而作	一七八
为冯永林《怀玉集》作序	一七九
翩翩飞羽入云霄	一八一
内蒙古赋	一八四

乌兰牧骑礼赞	一八八
第十五届中国·内蒙古草原文化节颂词	一八九
三秋献礼	一九一
祭父辞	一九二
蒙古马赋	一九六
唯有相思无尽处（代后记）	一九九

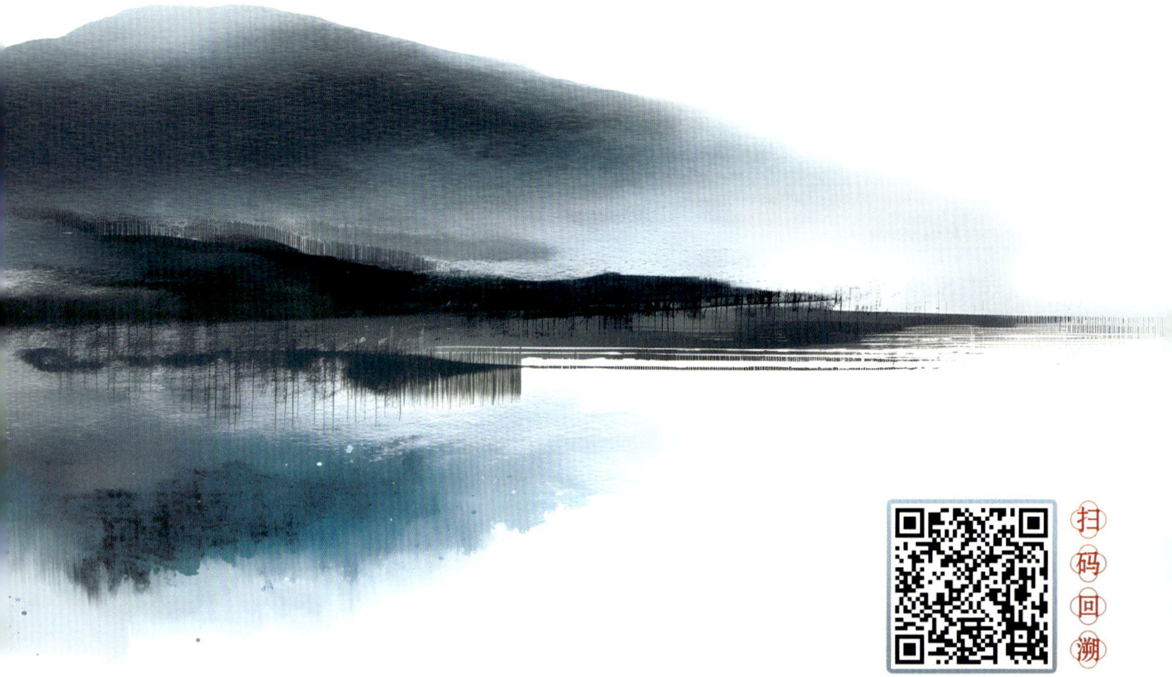

诗韵之声

有声朗读,
以声为介感受书中诗词声韵之美

画影之境

画影之诗,
于书画作品中欣赏作者的高雅才情

画影之境

古风·雪原夜

穹蓝映血月,赤马踏梨花。

天际烟斜处,微灯透暮纱。

吠声问远客,嘶鸣过云崖。

平生素不识,拂肩去霜华。

席地衣未缓,糙手献烹茶。

泥炉香炙气,银碗红面颊。

民风存古朴,唯有牧人家。

1971年12月

七绝二首·桃花记

一

平林漫漫掩人家，浅草青青染陌斜。
轻唤牛郎惊乳燕，暗邀天女散桃花。

二

远眺春山近览林，烟织玉带月明轮。
农夫怜爱耕田命，曲水流花伴故人。

1985年5月

古风·读杭州

玉兔初登楼外楼,心醉步摇读杭州。

鹂莺啼暗苏堤柳,荷风摇曳锦鳞游。

晚钟微震双峰影,三十二月[1]印星眸。

虎跑泉清沏龙井,质疑武穆不封侯。

断桥雪掩白娘恨,雷峰烟释许仙愁。

越王豪气今安在,绣损莫邪辨春秋。

1985年10月

注释:

[1]三十二月:指西湖一景"三潭印月"。湖中有三个石塔,每个塔上有五个圆洞,每逢夜晚,塔中点灯,宛如十五轮明月,再加水中倒影、天上明月与水中月影,故称三十二月。

七绝四首·深山采风

一

一座柴屋半亩田,风摇叶落密林间。
老翁残酒迎稀客,笑问山南是哪年。

二

欲蘸丹青写酒家,信天小曲过山崖。
情歌村畔围石磨,调寄窗前剪纸花。

三

铜枝铁干耐皴擦,酥指纤梢吐嫩芽。

蓓蕾含羞初绽笑,约余来日赏梨花。

四

青岚幽谷一帘云,斜陌横桥几簟茵。

溪水流来桃李泪,恍知天晚已春深。

1985年

七律·游三峡

渝城雾锁山叠摞，长笛回旋荡嵬峨。

鬼府阴森临悚惧，渔郎欸乃弄汹波。

净坛飞凤[1]行云雨，激水漂石溅莽河。

神女[2]动容风助浪，孤帆独影向天歌。

1992年9月

注释：

[1] 净坛飞凤：巫山十二峰中净坛、飞凤为其两峰。

[2] 神女：巫山十二峰其一。

四言诗·黄沙漫

西北山川，生态恶化，沙尘频频而起，草木难以根存。流沙千里吞噬田园，危及城池，实感势态严峻。观景情悲，泪浸心底，枉为后人忧之。仰天长啸，以引世人关注。

贺兰北上，廖寞陲疆。

岁月无痕，今古茫茫。

瀚海苍穹，幽单凄凉。

朝望孤烟，暮送残阳。

黑水[1]断流，居延[2]涸塘。

征蓬纷去，泪滴胡杨。

土雀[3]稀飞，恶老[4]空翔。

野兔灭迹，悲狐哀肠。

怪石[5]风起，泣鬼嚎狼。

废城[6]日灼，圮赤原黄。

沙场平戎，久做国殇。

茶道淘金，托梦还乡。

蜃楼缥缈，虚幻春光。

摩诘[7]出使，一洒绝章。

先人抒怀,山河慷慨。
来者浩叹,地老天荒。

1999年10月

注释:

[1] 黑水:古水名,即黑河。

[2] 居延:居延海,在今阿拉善盟额济纳旗境内。

[3] 土雀:沙漠中不知名的小鸟。

[4] 恶老:内蒙古西部、山西省北部老乡称老鹰为恶老。

[5] 怪石:巴丹吉林沙漠中有一处怪石林,当地人称怪石城。

[6] 废城:指西夏黑城。

[7] 摩诘:指唐代诗人王维。

古风四首·漠中吟

常在塞上行,惯看大漠苍凉。近年来,生态恶化加剧,沙尘频频而起,日渐植被稀疏,更显一派赤荒。怜草木无几,惜生灵难存,有心相助,无力回天,写七言《古风》以叹之。

一

劳雁哀鸣夜落沙,驼铃寥落思酒家。
世人苦觅黄金路,何者未留在天涯?

二

天宽地广渺无端,云淡芜平大漠南。
先者单车随雁去,后生翘首望雁然。

三

狂飙一落暗伤多,大地苍天奈几何?

梦破难寻明月在,唯听夜半鬼吟歌。

四

飘蓬断草过居延,斗转星移入太玄[1]。

悲角哀笳随梦去,黑城[2]鸡塞[3]走黄烟。

1999年10月

注释:

[1] 太玄:亦称《太玄经》。这里指史书。

[2] 黑城:西夏古城,在今阿拉善盟额济纳旗境内。

[3] 鸡塞:鸡鹿塞,汉代古城,在今巴彦淖尔市磴口县北部。

古风·嘎仙洞[1]

霜寒叶落金,雪暖杜鹃新。

拓跋生斯地,相依草木深。

碧山鸣白鹭,野水泻丛林。

铭文[2]断前代,不及逐鹿人[3]。

2000年8月

注释:

[1]嘎仙洞:在今内蒙古鄂伦春自治旗阿里河西北十千米的一道花岗岩峭壁上,史传鲜卑人发源地。

[2]铭文:嘎仙洞内有石刻铭文,铭文记载鲜卑人由此走出山林。

[3]逐鹿人:指当地猎人。

七绝二首·草原行

一

新雨潇潇洗碧山,嫩江汩汩沃苍原。

花摇草动千层浪,歌起云开一线天。

二

旷宇宽怀纳百川,由缰信马向云岚。

轻蹄叩醒黄花地,飞羽迎来白玉蟾。

2000年8月

扫码获取
诗韵之声

古风·父与伯[1]

　　家父少年投身革命，离故乡赴晋绥抗敌，始与郑林相识。是时，郑林乃父之上司，对父教诲颇多，影响甚深。时隔半世，情义无减有增。现二人均已作古，但挚友纯情，为我楷模。

　　　　神府揭竿起，晋绥识郑林。
　　　　皎皎一皓月[2]，照彻少年[3]心。
　　　　长空鸣惊雁，塞上雪如银。
　　　　旌旗绕三关[4]，边墙掠残云。
　　　　妙手绘阁丹[5]，谆谆海青衿。
　　　　荏苒过半世，声貌依然存。

　　　　　　　　　　　　2000年10月

注释：

　　[1]伯：指郑林。

　　[2]皓月：指郑林。

　　[3]少年：指作者父亲。

　　[4]三关：指晋西北地区的雁门关、宁武关、偏头关。

　　[5]妙手绘阁丹：战争年代作者父亲未读过书，但革命意志坚定，

作战勇敢顽强,当地老乡送他绰号"石圪蛋",并在绥南地区名声大噪。首长郑林经常指点其学习文化和理论知识。他认为"圪蛋"一词不雅,建议把"圪蛋"改为"阁丹"二字。

古风·秦淮河

少年知秦淮，今日梦成圆。

揖求江边女，带平[1]上客船。

皓腕轻摇橹，翘首意流连。

幽幽小巷静，嘈嘈市井喧。

西楼剪烛影，东榭启珠帘。

娓娓隔窗曲，酥手抚妙弦。

香君[2]门虚掩，莫愁[3]应未眠。

六朝佳丽地，粉黛更空前。

虽有临渊意，才气愧康宣[4]。

婵娟浮秋水，银汉落人寰。

2000年10月

注释：

[1]平：作者自称。

[2]香君：明朝末年歌妓。

[3]莫愁：古乐府中所传女子，相传由南齐洛阳远嫁江东居莫愁湖。

[4]康宣：据传唐寅为求秋香，卖身为奴，以姓名二字偏旁化名为康宣。

古风·普陀山

　　家父去世不久，为使慈母暂避伤感之境，故偕母江南一游，经扬州、镇江、杭州至莲花洋普陀山。

　　普陀山属观音道场，余出生旧历二月十九，恰逢与传说中观音诞辰同日。闲游期间，偶遇香云寺，又与慈母景香云同名。实属天下巧事，遂书七言《古风》记之。

　　　　万顷碧波托白莲，绿荫一渚掩红垣。
　　　　观音辟此成净土，静坐道场累千年。
　　　　信步巧遇香云寺[1]，天生平[2]于二月间。
　　　　合目拢掌悄然叩，禅风拂面月映颜。

2000年10月

注释：

　　[1] 香云寺：普陀山中一座庙宇。

　　[2] 平：作者自称。

七绝·折梅

本是寒山一剪梅,
群芳悠远雪相陪。
伊人信手折将去,
花落枝空留与谁?

2001年1月

七律·登庐山

登览汉阳[1]情入怀,朦胧五老[2]荡然开。

瀑高千尺凌空谷,水漾三泉叠碧台[3]。

洞府[4]云天仙客去,花丛幽径庶人来。

古今多少权谋事,浮罢晨烟落暮埃。

2001年5月

注释:

[1] 汉阳:汉阳峰,庐山主峰。

[2] 五老:五老峰。

[3] 叠碧台:三叠泉。

[4] 洞府:仙人洞。

七绝四首·思父

一

地暗天沉一线通,寒心热泪两蒙眬。

尺胸能纳千重事,难耐清明瑟瑟风。

二

一缕青烟万事空,淡泊名利莫相争。

半壶清酒凭栏醉,又是别离泪雨中。

三

愁花倦柳泣无声,冷月寒星各自空。

劳雁孤行烟水路,归绥城外雨匆匆。

四

高墙小院夜沉沉,人去灯熄曲未终。

名勒青山无愧悔,魂归故里匿声容。

2001年6月

古风·登黄山

虚掩柴扉踏月行，九曲八弯过山楹。

银帘垂挂三千尺，腰际流云似带萦。

猿影杳然丛暗处，错把挑夫当怪灵。

莲台巍峨不露顶，半边有雨半边晴。

骄阳酷烈灼肩背，寒风料峭扫门庭。

汗珠沥滴参晨露，依仗仰首叹苍鹰。

古道遥遥通幻海，天梯没处已凌空。

羊肠蠕动皆为客，旷古长存石壁凝。

2002年5月

七律·颐和园

东宫门内度微钟,玉带桥头沐惠风。

巢雀安详日低下,砌虫凄厉月高升。

雁归无影听长唳,客去空廊熄晚灯。

万寿难圆慈禧梦,昆明依旧水溶溶。

2002年9月

古风·送吴兄

不闻东壁落棋声，

一抹闲光映窗棂。

古人常有别离泪，

况我当今左右人。

2004年3月15日

七绝·黄河老牛湾

叠耸青峰锁碧江,

长川九曲扼山庄。

天光云影燃崖壁,

血色烟波裂大荒。

2004年4月6日

七律·三闲室

万物横空落九寰,苍旻赋我一江天。

轻摇东壁书憧憬,慢掩西窗远世间。

黄卷为朋犹惬意,青灯做伴可陶然。

聊居自慰三闲室,痴醉云游日月边。

2004年12月29日

七绝·塞上阳春

塞上阳春我未知,

城郊残雪待逢时。

回天长唳冲银汉,

碎玉仙姿已乱池。

2006年4月

七律·游凤凰古城

凤凰城里阅沧桑，黛瓦危檐锁碧江。

风荡廊桥摇橹曲，水迷石岸浣衣娘。

老斋错落传坊事，小巷深幽写墨香。

古镇犹存情韵好，当今嗟叹化飞霜。

2006年5月30日

古风·咏昭君

江南古瑟漠南弦,

一曲悲歌路八千。

红泪沉浮天下事,

何须烽火点狼烟。

2006年8月1日

七绝·春雪

早春二月气无常,
放浪天公阴弄阳。
夜市落花千万朵,
晨窗波动两三行。

2007年3月8日

七律·游避暑山庄

听雨莲花如点颈,披风荷叶玉珠浮。

湖边翠柳身旁舞,桥下金鳞眼底收。

人在天宫仙境走,意随云朵画中游。

撑舟渐远金山寺,篱帐已临烟雨楼。

2007年6月28日

七绝·和国璋兄

七九河开可洗尘，
涓涓细水润芳茵。
迟春静待归来燕，
梦绕清离觅故人。

2007年3月19日

古风·六旬之悟

一

早春二月北风寒,玉雪翩翩落九寰。
不觉天伦平素日,已至花甲返乡年。
亲朋酒满莹光盏,儿女烛燃异彩环。
衙署双狮为何笑?又辞一位流水官。

二

人间万物有荣枯,何必无缘踏仕途。
叶茂枝繁花亦落,泉潆池满水则浮。
长亭十里终归去,温酒千樽总散无。
少壮不知天地广,老来渐悟太玄书。

三

人生虚数万余天,一半金乌一半蟾。

常有三分难称意,况逢几处未投缘。

云途不与骅骝[1]路,故里犹容浪子还。

夕照青山无限好,临风鹤发返童年。

2008年3月23日

注释:

[1]骅骝:赤色的骏马。

七律·北京奥运会开幕（新韵）

百年圆梦炫迷离，希腊北京传彩霓。

四海云集逞骁勇，八方风涌展凤仪。

华光紫气书长卷，火树银花伴短笛。

子夜横空燃圣火，满天星簇五环旗。

2008年11月

七律四首·咏兴安

兴安之春

五月兴安万物新,杜鹃乍放一帘春。
冰河落雪呈佳色,白桦舒枝挽玉人。
松叶湖边飞彩凤,石塘林畔结彤云。
深居丛莽心如水,远拒喧嚣不染尘。

兴安之夏

云蒸雾降锁奇峰,雨洗空山啭丽莺。
百岭层岚犹滴翠,三潭叠水亦清明。
鲜花烂漫迎麋鹿,古木萧森挂野羚。
北国采撷南国绿,一泓天镜照衿灵。

兴安之秋

风吹雁荡潇潇去,猎猎兴安似海涛。
除暑芳枝着露美,立秋红叶落霜娇。
满山披挂黄金甲,旷野横斜翡翠条。
三绕天池追皓月,九攀驼岭作高标。

兴安之冬

青女翩翩别晚秋,金峰化作玉屏楼。
挂霜白桦多亭立,落雪松枝好媚柔。
日照山林升紫气,月明幽谷漫青沟。
神泉可解千般累,腊月寒冰化暖流。

2008年

七律·己丑元宵夜

铜箫玉管舞婵娟,擂鼓燃鞭动九原。

流火长街通巷陌,花灯千碗累鳌山。

开心老酒盈盈醉,如意汤圆岁岁甜。

但愿人间天上美,一轮满月去春寒。

2009年2月10日

七律·唱新韵

一言一举一丝情,熟读诗书笔纵横。

古乐长歌听往事,律音绝句写真灵。

仰天星语驰心远,对月云开静意浓。

巧遇新风辞旧韵,清池漱墨蘸毫锋。

2009年2月22日

七律·忆流年

情真意切忆流连,勃发英姿恰少年。

筛酒踏歌追日月,挥毫泼墨扫云烟。

虚怀五岳不知老,畅饮三江可溯源。

走马光阴踪迹杳,幸存拙句写从前。

2009年2月23日

七律·赠陈沙沙女士

生灵草木一时青,天地山河万古凝。

人往人来人亦老,月圆月半月犹明。

难为禅意听滋雨,聊可凡情看画屏。

世事千般何日了,平心静气永清宁。

2009年3月5日

七律·送春

绿肥红瘦春光老,回想流年可谓珍。

官冕奢华心费力,庙堂绚丽眼劳神。

清风明月堪静意,淡饭粗茶宜养身。

万事终归皆是梦,空名虚利若浮云。

2009年5月17日

七律·点梅

由来不觉花期短,老树新枝伴寝庐。

羞涩丁香遮绿叶,多情桃李入泥涂。

横舟江岸春光去,嶂目云烟水色无。

急待来年花更好,寒梅几朵点冰壶。

2009年5月18日

七律·立秋

屈指莫非又一年，恍如昨日碧云天。

眸回塞上离离草，手掬山间汩汩泉。

叶落花飞随尔去，云舒云卷任其闲。

久烦市井嘈杂事，饮罢屠苏枕石眠。

2009年8月7日

七律·听禅歌

貌胜美容境入佛,神情远韵奈描摹。

禅音软语滢滢水,天籁浮声漾漾波。

白玉栏前横古瑟,菩提树下挂云锣。

游来南海风光好,洗理凡心向普陀。

2010年2月10日

七律·元宵节

满街灯火累鳌山,子夜烟花动九天。

旧舍凝霜风送暖,新桃报喜酒驱寒。

推杯换盏无穷乐,祝语赠言不断喧。

耳顺平心思往事,时如走马又逢年。

2010年2月28日

七律四首·三上普陀

一

时隔三秋一片天,春鸿比翼落舟山。
生来共有寻梅意,今始同成放鹤缘。
紫竹林中泉水暖,白莲岛上海潮喧。
晨钟暮鼓随风去,枕浪听涛任自然。

二

雾锁梅岑罩彩霓,微风疏雨润菩提。
香云蓬里天无际,雪浪峰间路逶迤。
山欲穷时终有寺,水将尽处又逢溪。
心怀恬淡拂尘事,集露浇花悟太极。

三

灵山秀木笼烟云,东海佛坛自陶神。

五祖铭文寻妙语,双泉流水赏清音。

梅福庵里香如故,心字石中爱愈深。

法雨莹莹融净土,禅风徐徐扫风尘。

四

祥云紫竹梅花岭,宝塔白莲度软风。

法济悬铃吟梵语,天门依岸悟禅声。

几擂春鼓千丝雨,百步平沙万点坑。

世德清心香自远,银蟾夺目瑞气升。

2010年3月4日

七律·游镇江

阳春时节踏歌行,雨细风宁柳色青。

甘露峰回听锦瑟,金山路转觅禅踪。

穷忧吴蜀姻缘事,空叹神妖剑戟争。

知是古人闲弄墨,却随野史动真情。

2010年3月29日

七律·丰都鬼城

丰都落雨入渝天，横卧云涛枕鬼山。

探古寻幽踏神曲，拜佛敬道跪灵仙。

阳间明德多行善，地府阴规少泣怜。

好笑贪婪无厌者，误为永不赴黄泉。

2010年4月16日

七律·白帝城

游峡二度过巫山,谈笑三雄不共天。

血染战袍争霸业,风吹纸火入幽泉。

空流白帝托孤泪,烬灭刘皇祭祖烟。

洗净尘埃翻贝叶,忘却名禄坐蒲团。

2010年4月17日

七律·登五当

少年气傲老癫狂,量力不谦向五当。

太子坡前跋涉急,黄龙洞口喘吁忙。

天门路险悬三岭,金顶崖危转九肠。

嗟叹云梯千万丈,幡然悟悔太张扬。

2010年4月18日

七律·三友作梅

我与滑国璋、冯永林于方外楼共同作画。国璋画枝干,我点梅花,永林题诗。三人合一而作梅花图。

一

八尺绫宣好画畴,三闲兄弟共方舟。
砚池洗润参天树,彩笔点装隐士楼。
散淡芳姿羞绿女,横斜疏影伴苍虬。
开怀畅饮千杯酒,墨洒梅香妙语流。

二

放胆涂鸦聚楚狂,绯云一树接雕梁。
天孙泼下胭脂水,王冕掀翻楮墨缸。
钤印峨眉呈绰约,濡毫太史补琳琅。
虎溪今又闻三笑,不用康乾鉴宝章。

2010年5月1日

五律二首·河套行

一

大河东逝去，汇聚水连环。
萝蔓浮晨露，桑麻笼夕烟。
金乌栖柳岸，玉兔上柴垣。
余有耕耘意，却无半亩田。

二

桑田八百里，浩浩漫长川。
雁落蒹葭动，鱼翔翠玉翻。
甜瓜合叶卧，鲜果累枝悬。
月照黄河岸，孤村缕缕烟。

2010年9月3日

七律·贺兰山

秋思未了入降冬,万木凝霜山欲空。

雪扫贺兰封紫塞,风巡瀚海走征蓬。

长烟漫卷遮天地,巨野横驰贯西东。

叠岭层峦时令晚,金乌合目一丝红。

2010年11月3日

五律·和冯永林并赠土默特文化研究会

塞上苍天远,阴山紫气蒸。

风宁幽谷静,雨细玉泉清。

霜叶呈佳色,层岚出险峰。

云中歌一曲,敕勒好空灵。

2010年11月

五律·与化 ·兄天池品茶

寒临夕照晚，茶舍沐春阳。

壶暖天池水，杯温琥珀光。

琴音旋素壁，禅意绕沉香。

心境常拂拭，胸怀纳八方。

2010年12月3日

七律·四友会青城[1]

真情傲骨自悠然,把酒狂歌结画缘。

方外楼中挥楮墨[2],抱山吟馆展绫宣。

书中寻梦游环宇,笔底生风入洞天。

仰慕诗宗[3]佳句美,丹青妙手写人间。

2011年9月

注释:

[1]四友:滑国璋、曹化一、冯永林与我同在青城,因共同爱好书画诗词而成挚友。

[2]楮墨:纸墨,借指书画和诗文。

[3]诗宗:诗坛泰斗,用作对诗人的誉美之称。

七律·肯尼亚印象

东非裂谷纳千川，赤道炎凉划两端。

百万牲灵融合地，一方黎庶自由天。

皇家树顶寻彩鹿，马赛门前赏合欢。

大野疏林多画意，苍天不老玉生烟。

2011年9月

七律·咏程旭光

少年挥笔画阴山,牧野放歌敕勒川。

石砌窑前寻草陌,柳编篱下写桑园。

拈来疏影涂佳色,揽走寒村罩夕烟。

亲善和谐才艺好,满堂学子也盎然。

2012年2月

七律·咏大学兄

半世光阴未转头,几多学子竞风流。

神工鬼斧呈佳作,黄卷丹青入画楼。

墨色凝香飘四海,斐声大振贯九州。

群星闪闪心相系,慧业德才一揽收。

2012年8月

七律·悼卢宾先生

溯回五十九年前,先辈时逢筑画坛。

建系含辛如雨燕,教书茹苦似啼鹃。

累仁从艺三生事,积德为人一世间。

奠定洪基千百载,功勋名勒薛刚山[1]。

2012年8月

注释:

[1]薛刚山:唐朝大将薛刚出关征西时在今内蒙古丰镇屯兵之地,卢宾先生的家乡。

七律·记妥木斯先生

京都饱学返乡黎,中外相融入画题。

傲雪抒情挥彩笔,凌风着意写骅骝。

文房书案横长剑,柳岸闲亭舞太极。

应绘凌烟传四海,草原独树一支旗。

2012年8月

七律·咏张峻德

不屑追风弄画坛,东篱高士最悠闲。

开心小饮三杯酒,作画常衔一捧烟。

花草芸芸随意写,生灵栩栩用心言。

任凭窗外翻云雨,怀里独存半亩田。

2012年8月

七律·追念邱石冥老先生

生逢乱世避芸斋,更迭三朝八斗才。
笔底烟云依次起,砚旁花鸟顺时来。
真传学子行天下,巧作丹青照玉台。
难耐风高长夜冷,冰心一片坠尘埃。

2012年8月

七律·追念王之英老先生

贯学东西一俊豪,前朝艺海立高标。

神书翰墨题金壁,妙笔奇花伴玉箫。

帆往舟来随日月,离乡背井落蓬蒿。

从兹不问闲余事,端坐空楼耐寂寥。

2012年8月

七绝三首·冬雪

一

西风冷雪玉阑干,绿酒红灯七品轩。
幻海流云花世界,空村父老不支寒。

二

冷心仙子出天庭,雨夜飞花地卷风。
仰首清霜弥天外,回眸去日已空蒙。

三

冬云压雪蔽凌霄,白羽随缘任意飘。
黄叶凝霜遗旧梦,梨花满目更娇娆。

2012年11月11日

七律·无题

良宵浊酒对樽开,不理闲事不忌猜。

忧国可为官署事,持家应有夫人来。

莫愁春夏风和雨,休论今明黑与白。

阅尽沧桑人自老,听歌赏画好清怀。

2012年11月15日

扫码获取
诗韵之声

七律·桃园雅聚

归绥城外小桃园,市井纷繁一隅安。

竹翠兰幽蕉叶绿,桥横水浅锦鳞欢。

金钱树下青花冷,粉彩瓶前玉带寒。

更有香茶迎贵客,诗坛雅聚论凌烟。

2013年8月

七律二首·和友人《菊花醉》

一

漫步天涯入画图,烟波捧月又中秋。

曾因黄卷轻弹泪,未与厅堂乱点头。

挥洒余年无憾事,招来旧友忆风流。

胡天自有纯粮酒,大碗筛春润老喉。

二

暮雨潇潇塞雁飞,秋风瑟瑟浪人归。

云遮闲月黄花瘦,霜满空窗紫叶肥。

酥手浅斟双盏酒,灵台顿悟一枝梅。

岂能料得千年后,北往南来又是谁。

2013年9月

七律·文人雅集

无须煮酒论高贤,自古英雄出少年。
绝唱佳音成大赋,连珠妙语写鸿篇。
挥毫洒墨抒侠义,击节长歌弄管弦。
不做庙堂逢场戏,开樽对月会金兰。

2013年10月26日

扫码获取
诗韵之声

五律·吊西路军将士

拔刀征远域,纵马向阳关。

壮士无名姓,何人送纸钱?

西风吟弱水,北雪舞祁连。

荒野作雄鬼,不知已凯旋。

2013年11月17日

扫码获取
▶ 诗韵之声

七律·和友人《酬宾曲》

珍藏老酒待嘉宾,香气浓浓一片心。

纱灯高挑容光美,玉盏频添醉意深。

遥想当年怀旧事,闲聊今世写初春。

泼墨题诗成绝句,隔窗听雪赏瑶琴。

2014年11月

七律二首·追念潘志成

一

遥忆潘兄望远山,同窗两度正当年。
回眸扬手别军垦,接踵比肩入画坛。
长案白绫挥妙笔,边关水墨掌风帆。
丹青依旧人何在?半世光阴一瞬间。

二

鹿城长夜走贤才,轻唤文星归去来。
落月沉沉山影静,停云默默柳枝哀。
痴情梦断书香案,雅意魂销墨韵斋。
妙手千秋留画意,流风余韵结灵台。

2014年7月

七律·夏陵夕照

雁荡云崖入贺兰,声飘旷漠过祁连。

秋风吹灭王陵梦,残叶犹存霸主篇。

烽火连营依汉塞,旌旗漫舞动胡天。

辚辚车马萧萧去,鼓角余音几百年。

2015年8月

七律·探赏山中岩画

无垠天地两茫茫,寻梦追源走大荒。

龙脉山前横故垒,流沙河畔染秋黄。

飞鬃烈马凝岩壁,斗角羚羊勒石岗。

满目寂寥人迹少,千年遥想更苍凉。

2015年8月

七律·观九三阅兵有感

日月同辉照彩幡,群鹰刺破碧云天。

一声炮响三军令,五岳音回四海旋。

浩气雄姿惊大地,戎装铠甲过长安。

国强不忘家亡耻,铁血残痕七十年。

2015年9月3日

七律·偏关怀古

国庆长假，约好友韩宇、茂芸往河曲一游。沿路走来，神清气爽。经清河，过偏关，横贯巍巍群山，斜穿漫漫层林。但见紫塞雄居山顶，敦台兀立天边；危崖陡峭两岸，大河直泻其间。面临斯土，恍见旌旗漫舞，陟彼山岗，犹闻鼓角争鸣。观今思古，触景生情，遂作《偏关怀古》，以释情怀。

时入深秋塞上寒，单车偕友走偏关。
晨烟弥漫孤城远，午梦萦怀阵马旋。
刀剑生辉烽火里，銮铃交响九河边。
魂牵往古迢遥事，一觉回笼八百年。

2016年10月

七律·梦中归

月升日落暮云垂,劳雁不堪荡翅飞。

每遇漂萍思故里,几逢折柳触伤扉。

残荷池畔怜佳色,荒草滩前叹翠微。

身在凡尘情未了,心波漾漾梦中归。

2016年10月

七律·玟子花甲有一

读君端午几行诗,追忆当初孺子时。
碧水环山山吐绿,青藤绕树柳垂枝。
言谈喜笑均无忌,恩义温情应有知。
虽至霜天秋色老,流年依旧令心痴。

2016年

七律·和友人《南江峡谷》

虹桥铁马度岚山，利剑劈开一线天。

秋水湍泷涌险隘，苍松兀立入云端。

花姿妩媚迷胸臆，竹影婆娑障眼帘。

灯火流萤穿夜幕，南江峡谷照银蟾。

2017年9月9日

七律·贵州采风

铁索江峡又一湾,峰回路转几重山。

苍松翠竹隔尘世,瑶草仙葩系旧缘。

紫气霞烟疑梦境,清波白鹭似当年。

诗情化作倾盆雨,百尺飞流落玉潭。

2017年9月12日

五律·和友人《梦回》

夜来风雨紧,残梦一时惊。
花落本无意,枝空未了情。
芸窗含冷月,苍宇挂寒星。
不照灯前镜,已知白发生。

2017年9月22日

七律·追念恩师兰尚廉

惊梦魁星坠九原，边关萧索晚秋寒。

风吹黄水浮霜月，雁荡青山向远天。

昔日良驹逢伯乐，当今俊杰会凌烟。

垂情化作无声雨，清润蕃滋[1]九畹兰[2]。

2017年10月28日

注释：

[1]蕃滋：滋生繁育之意。

[2]九畹兰：屈原在《离骚》中写道："余既滋兰之九畹兮"，后人用之比喻培养很多人才。

七律·与维生笑谈当年

笔锋一秃墨犹干,不觉英雄亦暮年。

去日遗痕无憾事,落花含泪有情缘。

闲居海角心栖隐,醉卧云崖梦入仙。

洗净浮尘身外物,笑谈天地忆当年。

2017年11月

七律·元日游

石卧沙垠水接天,飞花碎玉任风旋。

余生信步无游意,半世回眸莫黯然。

落地残红多寂寞,闲休释冕却清安。

山河岁月催人老,旧舍新符又一年。

2018年2月16日

古风·无题

南岛萧寥望北极，

凡心何以悟菩提。

朝观沧海扬帆去，

暮恋流云化彩霓。

2018年3月7日

五律·天涯寻梦

烟海蒙残月，浮礁枕浪眠。

草亭投幻影，石径绕澄岚。

夜幕生渔火，晨云挂远帆。

随风吹往事，今古梦难圆。

2018年3月14日

七律·和友人本命年戊戌抒怀

一世光阴有几多，半生岁月已蹉跎。

春华未尽秋光老，甲子回旋太乙挪。

栈道神游逐去日，沙滩痴坐数来波。

古稀已过人无力，一束心香敬远模[1]。

2018年3月23日

注释：

[1] 远模：以古人为榜样。

七律·蜜月湖畔

古木萧森接碧天,微风掠影起岚烟。

银鳞隐现清波里,欢鹿徜徉水泽边。

逐浪轻舟环绿岛,凌空飞羽入云端。

晨光潋滟伊人美,夕照金屋亦惬然。

2018年8月11日

七律·挚友聚京都

读维生、纪新、雁北众朋友北京相聚有感,和诗一首,以表弟兄之情。

玉兔高升照蓟城,莲湖秋水聚漂萍。

苍颜相觑芳华逝,老酒同斟旧意浓。

踏舞引来一池月,宴歌唱落九天星。

无须辗转浮生事,可往天涯做寿翁。

2018年11月

七绝·咏梅

一树花冠万点红,
轻妆淡抹总牵情。
凌霜傲雪随天性,
冷艳寒香待此生。

2018年12月16日

七律·悼刘少华

突闻少华去世，心中倍感惊惋。追思流年往事，历历犹在眼前。遥忆丁香花开，不禁泪眼潸然。

花飞碧落梦丁香，天妒英才泪染裳。
追忆金兰情切切，犹思贤弟貌堂堂。
青灯暗淡三更冷，翰墨晖盈百世芳。
笑踏长歌人去也，余音未了绕云梁。

2019年1月24日

七律·悼王青平

奔波半世各西东,十载寒窗两度同。

远忆迥途人漫漫,凝眸素友影匆匆。

才思掩饰书香里,志趣浮游画意中。

忽报英魂归故土,苍天隐隐走哀鸿。

2019年2月12日

七律·和友人《少年骑手》

长虹彩练乘风挥,大野升烟地滚雷。

沧海腾蛟随浪去,平川纵虎望山归。

比肩并翅云中走,赤脚无鞍草上飞。

千古风流歌一曲,少年烈马在边陲。

2019年8月

七律·赞赵云东《牧野心歌》

云腾万象起何方,塞北英才返故乡。

谱曲谱词崇日月,写情写意拜爹娘。

牧田漫溢金莲谷,野水连空碧玉光。

心若莽原驰烈马,歌如天籁唤洪荒。

2019年9月

古风·题康小林摄影《秋雪》

银趣金风韵味长,

梨花簇簇拥红装。

菊天乍落鹅毛雪,

不解人间暖与凉。

2019年10月

七律·遵维生之嘱,步景亮韵《老友再聚海南》

金乌初落起冰轮,不畏山高与水深。
朔塞春来逢旧故,琼崖暮至忆童真。
牧田醉酒翩翩舞,渔港吟歌袅袅音。
几弄心弦惊晚艳,风柔雨细沐清人[1]。

2020年12月29日

注释:

[1]清人:纯洁之人。

古风·醉乡

漫步天光下,云霓亦不违。

神怡持野杖,幽独入林扉。

粗碗筛残酒,霜髯映晚晖。

醉乡飘北雪,客雁几时归?

2021年3月9日

扫码获取
诗韵之声

七绝·清明

野陌荒村日色昏,

风疏紫燕剪轻云。

暮春花露中春雨,

玉泪莹莹望远尘。

2021年4月5日

七律·和友人《北疆之夏》

夏日青山草木新，牛羊缓缓过芳茵。

黄花碧野浮晨雾，白马银鞍踏玉尘。

行酒三巡逢远客，酣歌一首唱伊人。

拳拳情意陶然醉，仰卧毡房数北辰。

2021年6月

古风·相聚半山半岛

长夜通平晓,渔湾行酒多。
微灯穿宿雾,落月蘸清波。
一场回笼梦,几支念旧歌。
年尊不了事,放醉又如何?

2021年7月8日

古风·读杜甫《子规》

雨洒星零乱,戍城竟攘熙。

车流街路窄,楼起暮云低。

群宇华灯密,疏林燕雀稀。

春来春又去,难得子规啼。

2021年7月11日

七律·贺中国共产党百年华诞

雄鸡唱晓启红船,一帜高悬挂斧镰。

救国为民平四海,屠龙驱虎捣三山。

丹心濡沃黄花地,铁臂凿穿赤县天。

百岁风仪犹更美,神华奕奕照人寰。

2021年7月

古风·记磴口童趣

回首大河边，乡愁笼夕烟。

摸鱼后海堰，打枣小游园。

智取金瓜美，巧撷绿李甜。

沙窝多趣事，星夜更缠绵。

2021年9月

七绝二首·和国璋兄《剪春》

一

春风送暖入千家,枯木横槎吐紫芽。
夜静心宁听细雨,朝曦如梦赏桃花。

二

少年偷折报春枝,正是清明雨夜时。
暮去朝来多少事,酿成老酒化为诗。

七律·和赵云东

一瞬光阴半世前，顽童轶趣话当年。

甜瓜园里提鞋袜，桃李枝边整发冠。

父训晕头三滴泪，师言刺耳几分怜。

青梅不解同窗意，竹马闲搁手未牵。

七绝·诀别

半世柔肠几度佳,
管弦乍断落霜华。
清风吹散十年梦,
疏雨飘零百日花。

古风·遗梦

南返北回过雁群，
寒来暑往走年轮。
青丝难觉着霜雪，
残梦依稀伴故人。

古风·伤春

早来西风晚来君，
满园桃李半园春。
心雨情随烟雨路，
落花泪惜种花人。

古风·醉卧高原

芳草离离野陌斜,晨钟暮鼓荡天涯。
青湖赤壁呈翡翠,暗柳晴杨织碧纱。
黄犊轻摇铜铃曲,白驹戏弄马莲花。
情歌呼唤牧羊女,醉酒高原不恋家。

古风·望江楼

一捧香烟飘乱绪,半推窗眼送烦愁。
江河浩荡画沧海,宦府虚悬锁自由。
风劲力追高士走,水浊依赖浅人流。
纶巾轻取梳白发,布履还归觅绿畴。

五律·痴醉草原

毡庐歌一曲,慷慨酒千樽。
醉意随天意,痴春入暮春。
东山金翅展,西水玉蟾沉。
何叹花开落,往来贯古今。

古风·雪夜

把盏为谁斟,
抚琴欲断音。
推窗听落雪,
疑是夜归人。

七绝·垂钓郊外

芦荡微波动翠萍,
风斜乳燕舞蜻蜓。
远抛市井繁杂事,
唯见纤漂一点红。

画影之境

满江红·清水河怀古

二十世纪三四十年代，家父抗敌于清水河，时任革命政权之县长。余幼年栖身马背箩筐随父辗转颠簸于斯土，故对此地情感颇深。阅史志，更知当年战事惨烈；听往事，倍感乡亲父老艰辛。激情涌动，心潮难平，抒诗怀古以寄之。

黄水青山，烟笼处，风残日旰。寻古道，边关紫塞，劫灰惨淡。大野寒凝兵士殁，川原沃血沧桑变。思悠悠，铁血祭英年，读遗卷。

扶天道，除众怨。燃野火，冲霄汉。斗南山[1]奸伪，雁门[2]惊怛。右玉[3]群雄同赴死，清河[4]拉锯多鏖战。奏凯歌，踏正道抒怀，情无限。

1975年11月

注释：

[1] 南山：泛指抗日时期绥南地区。
[2] 雁门：雁门关，地处山西省北部。
[3] 右玉：山西省右玉县。
[4] 清河：今内蒙古清水河县。

自度曲·草原即景

白云舒卷凭天意,飞雁过云端。野草枯荣从不语,玉勒任扬鞭。清风拂尘面,疏雨洗心帘。

碧泊清漪舞鹤影,白鹿鸣翠原。水近山遥皆醉客,委婉牧歌还。斜阳沉古道,弯月入寒烟。

1988年7月

自度曲·大漠敦煌

单车行,穿大漠,直往敦煌。回首顾八方,弥望苍凉。叹玉门坐冷沙场,惜长城顿擗垣墙。却原来,马踏飞燕,不愿走千里野荒荒。反弹琵琶,宁忍赌四弦泪行行。何故也?把珍宝深处安藏。只因得,少人烟,多寂寥,无计唤春光。

扫码获取
诗韵之声

1999年2月

自度曲·旧日沙场

赴阿拉善,经武威过张掖,偶遇荒坟遍野,不知何人、何时、何故葬归于此。知情者告之,乃旧日沙场。一时恍然,魂牵远久。宛入苍阡野陌,幻觉硝烟流动,恍见刀光剑影,犹闻枪炮之声。

故垒狼烟熄残,西陆[1]草木深寒。银蛇[2]夭矫青山下,金乌[3]浑圆黄冢前。萧萧猎苍原。

犹闻铮鸣鼓角,恍见拔寨夺关。笑洒男儿一腔血,不与风流共凯旋。辚辚踏桑田。

1999年10月

注释:

[1] 西陆:指秋季。
[2] 银蛇:形容山下弯曲的冰河。
[3] 金乌:指太阳。

扫码获取
诗韵之声

自度曲·庙廊一叹

　　苦人儿拮据解囊，叩首焚香。愿韶光常照门楣，为尔疗伤。无奈何，褴缕衣清风抖荡，几多惆怅，几多凄凉。

　　关塞红衰绿减，江河直泻重洋。到头来，凝愁未展，徒惹沧桑。

1999年10月

丁忧曲·泣空楼

庚辰[1]夏日,家父病逝,悲从天降,哀声难挨,亲丁一时纷乱。余负长子之任,强忍哀痛,托朋友协助料理后事。夜静更深,众人散去,留我一人独自为父守灵。祭香缭绕,方觉人去楼空;挽联飘动,忽觉六月天寒。轻抚冷案,片片旧日如梦;痴凝遗照,屡屡往事如烟。悲情泉涌,一洒泫然。

庚辰逢夏至,亲丁夜难眠。慈父扬手远去,今生不再还。面迎凄风冷雨,痴眸障云烟,心酸六月寒。

星稀落,灯孤暗,月不圆。残香萦绕,白絮[2]翩然似水淹。时逝长思以往,教诲言犹在耳,情勒在阴山。鹤鸣穿九皋,泪落浸黄泉。

2000年6月

注释:

[1] 庚辰:诗中指2000年。
[2] 白絮:指灵堂中的挽联与花圈。

虞美人·烟雨扬州

轻舟瘦水浮寒夜,十里扬州月。烟花丝雨付空流,绝续清歌幽怨绕春楼。

闲阶绣阁人何在?新月弯眉黛。红颜纤柳乱莺啼,叹赏丹青八怪写东篱。

2000年10月

天仙子·鹊桥吟[1]

山升云落渐黄昏,月高水浅泛薄雾。银汉牵桥衔舞鹊,映双心,泪染襟,双七相会梦幽深。

桃花珠雨一时纷,甘棠寒露几多存。对酒晦暝流景去,夜沉沉,雨未停,华荣取易不为珍。

2001年8月

注释:

[1]今以平韵押之。

踏莎行·避暑山庄[1]

承德避暑山庄是清代帝王避暑和处理政务的场所,是我国现存占地面积最大的古代帝王宫苑。时过境迁,大清王国早已远逝。晚秋时节,冷风瑟瑟,残荷一片,庙堂空空如也,一派悲凉景象,真乃世事无常,风云常变矣。

磬锤[2]立地,怒蛙[3]啸天,白龙[4]伴醉吐寒烟。星罗佛殿香犹旺,八旗炙手竞争欢。

江湖板荡[5],庙堂沉酣,遗篇空载盛康乾。平芜未老满川雪,红莲几日一池残。

2002年10月

注释:

[1] 今以平韵押之。

[2] 磬锤:磬锤峰,在承德市,人称棒槌山。

[3] 怒蛙:蛤蟆石,磬锤峰旁形如蛤蟆的石头。当地有棒槌打蛤蟆精的传说。

[4] 白龙:指滦河,传说滦河是小白龙化身。

[5] 板荡:指政局混乱,社会动荡不安。

自度曲·思乡

年过半百,赴异地深造。时至深秋,声飘碧落,风雨潇潇,顿生思乡念友之情。

秋雨秋风动画帘。枯笔空悬,冷案清闲。流年似水不复还,半世苍原,稀发苍颜。

霜月霜天落叶残。孤心向北,横燕归南。功期未满已情牵,人间月半,天上月圆。

2002年10月

自度曲·雁荡山

　　天公巧挥翰，山叠九重。雁荡云开剑化峰。明镜湖高邀闲月，春梦回笼。

　　摩崖筑壁垒，空石穿风。胜名不胫万里行。络绎骚人走马去，遗墨纵横。

2002年12月

自度曲·白马寺

白马西来瑞气临,慈航初启,法指迷津。
晨钟暮鼓总牵魂,明烛悄然,暗香氤氲。

佛门广大度芸芸,九州天地,十丈红尘。
唯有异端枉费心,无根之草,无缘之人。

2002年12月

天仙子·梦云鹤

夜梦云鹤南飞,余即追之。一路苦觅,去影难寻,恍如往日江南行旅故道。梦醒,心空荡荡,久不能寐。复忆幻景,书词忆之。

大地沔凝云错落,独饮琼浆愁远客。微温难抵雪增霜,风瑟瑟,星霍霍,怅望楚天江水阔。

惊梦恍惚飞远鹤,九皋唳长逐杳没。思君却不见君归,情脉脉,心寞寞,跷望九江横碧落。

2004年1月

水调歌头·冰雪阿尔山

扫码获取
诗韵之声

冬日阿尔山,皑皑白雪,圣洁无比。山似银龙,川如玉带,雾凇晶莹,霜华剔透,一派北国气象。行旅山林深处,满目琼枝玉蔓,宛如仙阙天宫。偶见残垣倚崖以就,故垒伏林而卧,皆为当年日寇侵华所建工事。触景伤情,思绪联翩,难以心宁。

举目向天际,信步踏黄昏。纤云萦绕白龙[1],漫漫洒银鳞。千里横穿积雪,百丈悬崖封冻,万物卧山林。朝暮蔽曦月,玉宇盖乾坤。

旧垒[2]存,故道隐,山嶙峋。景融情愫,暖水含露泛愁云。岁月幽幽倥偬,谁雪桑田凌辱,接踵看云岑。丛莽举枪剑[3],浩浩列三军。

2004年2月

注释:

[1] 白龙:群山被冰雪覆盖宛如白龙。

[2] 旧垒:日军侵华时修建的碉堡和飞机库。

[3] 丛莽举枪剑:长满树木的山林,如千军万马高举枪剑。

钗头凤·读《塞香阁诗词》有感

夜读《寒香阁诗词》有感,作《钗头凤》一首和之,与"三叶虫"神交共勉。

心扉锈,空怀旧,世间谁恋黄花瘦。何为过?天之错。莫思甘苦,耐得酸涩。默!默!默!

寒香友,同牵手,彩云追月随心走。苍穹阔,星寥落。孟秋良夜,举樽泼墨。乐!乐!乐!

2005年9月23日

念奴娇·绵山行

凌霄仙阁,见清虚悬寺,紫云缥缈。堑壁游廓拥翠玉,曲径回肠缠绕。侧耳听涛,临渊俯盼,决眦林烟鸟。孟秋寒露,早沾灵卉瑶草。

忆昔国乱春秋,三雄分晋[1],剑戟割昏晓。火浴清明昭后世,悲恸地荒天老。宦海纷争,负心喋血,官冕随风杳。从龙[2]无数,介公实乃麟角。

2005年9月

注释:

[1] 三晋:春秋时期,韩、赵、魏三家分晋。
[2] 从龙:跟随皇帝的人。

卜算子慢·盛乐古城

　　胡天汉塞,寥廓莽苍,一派浩然跌宕。暗柳晴杨,野草绿波浮漾。古云中,静坐长川上。盛乐园,轩昂伟岸,归人谱写绝唱。

　　铁马风铃恍,大漠紫河吟,暮云悲怆。渡口哀笳,泣诉世间板荡。战平沙,多少精英丧。舞剑影,纷争霸业,胜哉凭天象。

2006年12月13日

钗头凤·折红美

身疲惫，心憔悴，平生均为伊人累。崎岖路，长泪顾，春蚕丝尽，积劳无度。苦！苦！苦！

折灵奔，跌环佩，世间凄冷牵情泪。风霜酷，年关堵，归途幽暗，离愁难阻。楚！楚！楚！

2007年1月30日

雪梅香·记《内蒙古画报》出刊六十年

余与画报同龄，年已六旬。于画报从业十载有七，结不解之缘。光阴荏苒，年至耳顺。嗟叹今生，回眸已逝年华，宛若东去流水，思来想去，事成无几。幸喜丹青掠影，刊于画报犹存。人虽告老，画报如春。值此，同贺画报六十华诞，感慨万千，特书《雪梅香》以纪之。

蓦回首，光阴恍惚六旬年，动悲秋心绪，纭纭愧对人间。唯有丹青写风义，幸存方册唱诗篇。咏天地，摹绘沙河，泼洒桑田。

扬鞭，纵鞍马，近览居还。远眺兴安。涉笔苍原，踏歌草秀花妍。情挽农家念归路，梦牵牧户系尘缘，时空转，岁月之痕，能载鸿刊。

2008年7月

沁园春·兴安岭

浩荡兴安,晓揽层林,暮卷莽苍。且襟连大野,横担日月,贯穿朔漠,纵划炎凉。夏显奇峰,秋呈佳色,雾里鹃花傲雪香。赊鹏翼,瞰云岑魂魄,旷宇翱翔。

烟波吞吐残阳,叹历历传说赴渺茫。记拓跋称帝,旌旗漫舞,天骄立马,铠甲铿锵。霸主星回,群雄逐鹿,血雨腥风泪染裳。时空变,焕九州神采,挥洒韶光。

2008年8月

扫码获取
诗韵之声

苏幕遮·思父

夜深深,更几许?雪压丛云,寒气遮琼宇。雾里飞花如碎玉。今又逢春,十载悄然去。

梦沉沉,听呓语,家父游仙,曾否思儿女?天地无门空挂虑。顾复[1]之恩,忧悴焉何喻。

2010年2月9日

注释:

[1]顾复:不断地照看,比喻父母养育的恩德。

朝中措·无题

情怀未展已还乡,正遇晚秋凉。满地纷飘飞叶。方知一梦黄粱。浮尘冷案,紫毫朱砚,犹有余香。难忘同窗旧友,墨痕点点行行。

2010年2月

临江仙·六月悲情

六月悲情心底冷，阴山飞雨潇潇。天低云暗路迢迢。长空留泣唳，孤雁过荒郊。

一别十年余已老，参商两处遥遥。通天河上水滔滔。长思能聚首，无计架仙桥。

2010年6月22日

莺啼序·碧玉之原

东风早传消息,道春阳和煦。平岗远,淡绿鹅黄,满目草色如许。痴儿女,多情似我,青衫已换尘寒去。更风流云卷飞扬,倚思千缕。

天净香飘,健啼所指,渐莺歌燕舞。有绣带,并辔逍遥,人间多少佳侣,过瑶池,满滩踊跃,洗九马,拓展毛羽。更长虹,赏目贞刚,排空神武。

年年新景,岁岁陈诗,光阴成逆旅。勤拂拭,当前好镜,取象聚焦,检点锋范,经历烟雨。低吟宛曲,长嘶激越,壮声滂沛径行路。况八骏,险阴从容度。都来眼底,茫茫海若长原,翩翩神龙翔骜。

川深碧,宛似天津,叹夕晖朝露。怕辜负,关心事业,尚在徘徊,委弃黄钟,滴残玉箸。今朝得意,雷行沙起,如弓一线千钧力。任相传,气势真如虎。等闲华贵衣裳,六尺名骄,纵横准否?

2010年7月10日

莺啼序·黄金之原

韶华悄然代序,只凉风乍起。天陲远雁阵归来,见说犹有余翠。岭山树,缤纷万状,妖娆艳丽妆金髻,更菊开潇洒,当风展其华蕊。

千里长原,腾云掣电,任天骄归地。草黄处,马正肥时,健儿连肩把臂。解银鞍,欢呼雀跃,举大白,与君沉醉。月团圆,无限山川,一泓秋水。

人生不老,卉木还欣,进退从容事。携伟镜,登高临远,摇露幽香,早策名驹,晚巡上驷。当流漱石,眠羌枕玉,这般情调真纯粹。况联翩,兄弟结成队。杜郎俊赏,分他磊落才思,助我十分豪气。

此间万物,秋实春生,正转轮不已。任点检,禾麻穈黍,麦海积屯,驼鹿牛羊,波盈凌累。承平景象,兆民安泰,常将好句歌盛世。构富图,无往非良骥。始知伯乐乍怀,岂但吟边,要存心底。

莺啼序·白银之原

弥天北风劲健，冻高原如铁。八千里蜡象如蛇，一体绿玉澄澈。岑夫子，初临塞上，梨花敢比晶莹雪。算何处此际，呼嘘白虹凝结。

逐日声名，凌云气度，任山川空阔。江南事，只道当时，早跨神骏奇绝。耀龙文，连钱玉色，过旧垒，蹄音明灭。更悲鸣，骇世惊人，此心尤担。

气吞黄岭，席卷层冰，都道真汗血。浑不记，来从何处，往向何方，仰露餐风，几多鳞屑。石公有约，三冬为伴，青木炯炯天心月。且殷勤，写尔卓入骨。喟然叹曰：忍教短壁颓垣，束缚世间如铁。

骊黄雾影，大野茫茫，正险夷相接。向前路，龙腾虎掷，鼻息干雾，鬃尾飞扬，一旦争发。青春牧者，宽袍长袖，酣歌快饮情激越。念相知，滋味年年别。从容裁取形神，春水回时，柳眉新叶。

钗头凤·乌素图

  东方晓,村烟绕,杏花林里惊飞鸟。芳容艳,丹青绚,缠缠连理,几丝依恋。慢!慢!慢!

  春光老,情难了,梦留昔日知多少?花零乱,风吹散,纷纷红雨,泪痕敷面。叹!叹!叹!

2010年11月18日

临江仙·沙漠行

瀚漠何年曾得雨,阳关几度春风?黄烟卷地走蒿蓬。浑浑呈一色,漫漫莽然平。

丝路蜿蜒西域远,苍天归雁哀鸣。流沙漱石荡风铃。金轮垂落处,驼队载山行。

2010年12月15日

念奴娇·为侄女石晓天与张大鹏新婚之喜而作

　　培兰在畹,喜琼芳初绽,暗香飘逸。春柳垂枝拂绿水,莲藕盘根相系。乳燕双飞,锦鳞亲昵,桂影当空碧。月圆花好,世间缤纷熠熠。

　　红雨笼罩层楼,琴箫谐奏,嘉福临门第。淑女俊郎情致远,牵手终成伉俪。应孝高堂,苦舟同济,更有凌云气。累仁行善,后昆光照天地。

2011年5月15日

临江仙·为宝墨、晶晶新婚而作

塞上芸斋存墨宝,高山晨露如晶。鲜花秀草两盈盈。金童偕玉女,东海喜相逢。

南北融融秦晋好,良缘紧系红绫。比肩移步向华灯。同心连结发,志远在云鹏。

2012年4月8日

自度曲·追念王伯伯

我家与王伯伯家都住在城墙脚下，是多年邻居，往来亲密，情感颇深。王伯伯去世后，王家迁居外地。每每路过王伯伯家，看到那熟悉的院落，斑驳的城墙和葱郁的大树，睹物思人之情油然而生。今逢王伯伯百年诞辰，特作《自度曲》一首，以表对先辈缅怀之情。

古城墙，老宅院，一抹夕阳。犹有那常青树，暗送清香。忆前辈踏歌而去，与后生箴言几行。每逢是，迷途惆怅，似晨风吹散雾茫茫。也曾有，星光惨淡，如灯塔照亮路苍苍。人生短，岁月长，转眼百年。唯有那，赤子心庶民意，千古亦流芳。

2012年6月16日

西江月·瀚海行

　　瀚海茫茫无路，烟霞涌动群峰。流沙瑟瑟晃风铃，摇得星寒月冷。

　　汉塞灰飞烟灭，胡天雨歇风宁。当今谁在守长亭，唯见天光云影。

2013年11月8日

鹧鸪天·无题

当街熙熙飘酒旗，瑶堂绚丽好神怡。

可悲都市青天少，难得星空听鸟啼。

天欲晚，月偏西，归闲漫步做民黎。

由此远离空浮事，画幅田园可自颐。

2013年12月14日

临江仙·偕母闲游

　　冷夜南山沉静，侧闻细浪清流。天河如带月如钩。孤舟依半岛，渔火照沙鸥。

　　啼血含辛相系，余年偕母闲游。天伦之美满心头。才回春意暖，却又泛离愁。

2014年2月

唐多令·和友人冯永林

藤叶绕门庭,临窗沐晚风。海棠开,红杏凋零。半世春来春又去,人易老,事难成。

在位一书生,归乡一老翁。看残棋,无语无争。欲问余年何所有?温旧梦,数晨星。

2015年5月15日

念奴娇·为内蒙古诗词朗诵会而作

九边六月,喜金莲流火,漫如云汉。芳草人家香掩陌,丽影比肩相伴。白羽飞天,鹿鸣平野,曲水如长练。夕阳沉醉,彩霓留作梦幻。

高士雅聚青城,同台楮墨,挥洒芸香案。古韵新篇花两朵,礼乐和诗柔曼。凤展蛟腾,岚升虹落,更有冲霄雁。诗吟歌起,凌烟群星璀璨。

2016年6月

满江红·老牛坡怀古

　　日落边关，天如火，暮云如血。古村镇，炊烟升处，一丝新月。崖畔地头归倦鸟，窑前树顶飞欢鹊。阅千年，世代共桑田，农家悦。

　　恶风起，人作孽；兵马乱，狂剽掠。肆倭贼寇匪，虎争狼窃。北堡群星燃怒火，清河儿女多刚烈。望长空，把泪祭英灵，心悲切！

2017年5月

念奴娇·绿满清水河

　　清水河坐落于塞上高原，黄土裸露，草木稀疏，实属干旱地区。为改变家乡旧貌，县委、县政府带领广大民众，造林植树，绿化山川，戮力同心，百折不挠，终于使荒山秃岭换了容颜，成为全国绿化之典范。为此壮举，特寄此调以记之。

　　胡天汉塞，雁归来，不畏水长山远。万垧梯田横北域，雾障云遮林掩。沟壑葱茏，悬崖含翠，青黛犹淋渲。烟蒸夕照，野岚如梦如幻。

　　屈指遥忆流年，狂飚纷起，席卷黄沙漫。衰草凄凄风烈烈，野陌纵横长堑。志士同心，痴情化雨，绿染长河畔。每临斯土，却因昔者兴叹！

2017年5月

鹧鸪天·悼爱婿王建

昨日立秋，爱婿王建走了……

骤雨疾风阵阵狂，惊雷震耳报天凉。流连季夏千般绿，顿悟初秋一叶黄。

人世短，事无常，长河梦断路苍茫。强撑瘦骨凭栏立，难掩衰翁泪折殇。

2017年8月7日

沁园春·茶之路

塞北江南,水远山遥,古道莽苍。恋茶园碧树,新枝初蕊;青衣彩袖,纤指凝香。朝饮甘霖,暮含零露,万绿丛中盖众芳。云中客,品清泉玉叶,短笛悠扬。

驼铃唤醒洪荒,踏丝路迢迢走朔方。喜阴山深处,烹茶待客;苍原腹地,令酒行觞。情结金兰,袂联秦晋,早把他乡做故乡。拜明月,愿真情善美,地久天长。

2018年8月3日

满江红·流年遐想

斗转星移，浮云走，月圆月半。多少事，几经回首，渺如银汉。归路却无边塞马，思乡不见衡阳雁。到如今，白发度残延，空悲叹。

花已落，犹挂念，人虽老，情难断。恋男儿本色，铁毫铜砚。傲骨铮铮行大野，柔情切切书长卷。问苍天，浴火换流年，心无怨。

2018年8月6日

鹊桥仙·贺董平、贾智慧新婚之喜

银河漫漫，鹊桥飞渡，隐隐一双星宿。罗霄山上巧相逢，便撷取，相思红豆。

和鸣琴瑟，同生静好，但愿情深意厚。山长水远比肩行，必将是，年华锦绣。

2018年11月10日

忆秦娥·故乡飞雪

登高阅,汐潮涌起琼州月。琼州月,寻思塞北,朔风寒烈。

故园谁扫门前雪?隔窗恍见梨花谢。梨花谢,银装素裹,玉楼琼榭。

2018年12月22日

八声甘州·海角天涯

看层层碧浪任风吹,隐隐现樯桅。问晨烟初起,暮云又落,几度春回?海角天涯相映,神鹿转头归。犹有南山寺,禅乐低回。

衷爱琼州秀美,恋港湾渔火,鲤嫩虾肥。唤亲朋相聚,酒满水晶杯。踏歌声、临波颙望,眼迷离、鹤发染余晖。东君醒、海天依旧,浪涌花飞。

2019年3月14日

一剪梅·春雨

落地窗前一段春，几点梅红，乳燕低巡。小桥横处盼伊人，曲径空空，细雨纷纷。南北连天万里云，不见飞鸿，谁递乡音。静观渔火水无垠，残月朦胧，倦鸟归林。

2019年3月

鹧鸪天·鹭岛

红树林中白鹭多，芦丛水港绿婆娑。高亭四望浮烟渚，栈道单通禁网罗。

云变幻，鸟穿梭，野禽群聚乐如何？海天一色舒肝胆，欲驾轻舟泛碧波。

2019年4月10日

锦堂春·读韩菲菲诗词有感

黄叶零零,秋风瑟瑟,瞑闻胡雁归声。梦里乡愁,凝望古镇边烽。晓览田畴无尽,夕照牧野空灵。叹关山阻隔,远若参商,何解心萦?

追思青衿往事,喜诗坛叙意,书卷多情。咸集英才雅士,唱和词盟。已此芳华虽去,却乐得,化境朦胧。剩有诗田半亩,几摞云笺,一盏青灯。

2019年11月

更漏子·雅集

与维生、雁北等少年时代的朋友相聚三亚半山半岛。

海水平,天风静,岚影归帆相映。春气暖,暮云低,烟林鸟飞稀。

人将老,情难了,又聚半山半岛。忆往事,品新茶,心潮逐浪花。

2021年3月

渔家傲·贺挚友维生七十四寿辰

灿灿波光烁烁闪,绵绵林岸沙汀软。梅绽椰浓莺燕啭,云舒卷,花香曲径琼池浅。

叶隐新巢藏玉卵,又逢二月[1]春阳暖。流水年华投足缓,酒斟满,从心所欲[2]歌声婉。

2022年3月11日

注释:

[1]二月:维生生日农历二月初九。

[2]从心所欲:语出《论语》:"六十而耳顺,七十而从心所欲,不逾矩。"在此指七十岁以上的人。

诉衷情·牧村拂晓

苍穹一抹杜鹃红,新月已朦胧。芳原碧阜如黛,此处甚清宁。

烟懒散,火惺忪,意香浓。通宵酣醉,美梦丰盈,一嗓鸡鸣。

临江仙·中秋夜

月上危檐楼欲暗,长街灯火流霞。星烟如织似轻纱。瑶浆香万户,玉兔拜千家。

良夜秋风人醉酒,梦归水木年华。广寒宫里种桑麻。天高皇帝远,任我赏仙葩。

长相思·愁

霜满楼,月满楼。楼外清风分外柔,飞檐挑玉钩。

风亦愁,雨亦愁。愁到天涯未出头,秋江伴泪流。

扫码获取
▶ 画影之境

河套赋

壮哉！八百里河套，东起乌拉[1]，南临黄水，西接大漠，北依两狼。扶摇而环顾，九边之壮美；开襟而纵览，四序之清凉。苍烟淡淡笼山野，浮云袅袅过桑麻；天地运流成一统，群芳万类尽韶华。

乌拉高耸，古木萧森；叠岭重峦，含溪怀谷。听天风之猎猎，觉时雨之潇潇；指昊天之垂虹，读紫烟之弥嶂。攀壁青羊立角，穿林雪豹迷踪。花香诱来蝶舞，鸟语引出蛮鸣。乌加河口，金波漾漾；乌梁素海，碧水潺潺。白羽浪翻，受降城[2]深藏海底，蒹葭风动，天德军[3]远逝尘寰。触景而生情，醉卧于晨昏之里；观今而怀古，寻梦于山水之间。

大河龙飞去，汇聚水连环。滋润套上秀，莽莽入中原。纵步平川风缓缓，斜穿沃野草离离。堤柳撑阴，井田[4]铺绿；清流织网，弱水生烟。乡音可亲，乡里可敬。欣然命笔，遂成诗句：平林漠漠绕农家，稻菽青青掩陌斜。日照葵花团团火，月明畦水片片蛙。孤村恬静，市井纷华。五原郡[5]历沧桑应时变，更其壮美；临河县枕川原依黄水，日渐辉煌。真乃六合清朗，八节瑞祥也！

俯观大漠，仰望苍穹。几百世风尘隐隐绰绰，三千年铁血荡荡空空。胡马金戈，风停雨歇；汉室垣墙，烟散云消。白鹭立寒水，将飞而未翔；明驼晃风铃，余吟而渐远。平湖落雨，静水沉沙；林带成行，屯田依次。滴翠枝头悬玉果，飘香叶下卧金瓜。物有所出，情有所缘。地就一处，天成一方矣。

两狼伟岸，延绵亘通；关隘比邻，烽台兀立。鸡鹿塞[6]危砌悬崖，昭君远去；阿贵庙深居幽谷，红教犹存？荆莽丛深，桑榆依岩咬壁；花明草暗，鹰鹞破雾梨云。阴山苍岭如边关紫塞，黄河旧道似长练白绫。山前之浩渺，玉田斜斜漠漠；山后之广袤，白草密密疏疏。农舍毡房，就山原而坐落；田畴牧野，凭水草而滋生。长调悠扬，短笛清脆。尽可远拒喧嚣，亦可养性娱情。

望长烟而神往，叹先人而悲歌；驾白云之遨游，赞故土之昌盛。壮哉河套，星明月朗同霄汉，人杰地灵共大千！美哉河套，情系中华连血脉，河开沃土润心田。

2006年8月

注释：

[1] 乌拉：蒙古语，意为"山"，这里指乌拉山。

[2] 受降城：唐代，阴山南部通往北部交通要道上筑建的城池，有东受降城、中受降城、西受降城。

[3] 天德军：唐代军事城镇，与受降城形成东西河套一带的防御体

系。唐玄宗年间由名将郭子仪镇守。

　　［4］井田：指形如"井"字的方格田地。

　　［5］五原郡：今五原县，秦曰九原郡，汉改五原郡。

　　［6］鸡鹿塞：汉代北方重要的军事交通要塞。

为卫庆国《坐而论道》作序

喜才者，重德者，尤敬德才兼备者，乃吾交友之准则。年近耳顺，友朋芸芸，其间德才并茂者，庆国老弟可谓当之。与其相识，始于工作，佩于品格，敬于才华，久而为友。

庆国热心人。平素交往甚多，既有政要贵胄，又有文人墨客，一旦视而为友，不论庶人白丁，高雅低俗，贫富贵贱，皆能热忱相待，发自肺腑，宛如冬日暖阳，又似三伏清泉。

庆国真诚人。襟怀坦白，以诚待友，无虚假之意，有仁义之心。同事朋友有事愿与其商量，有麻烦愿向其倾诉，有困难愿寻其帮助。每当此时，他总会出其力，尽其心，献其智，见其诚。

庆国勤奋人。身为官员，终日忙碌，多有应酬，少有闲遐。尤叹当今酒绿灯红，人心浮躁，而气定神宁，闹中取静，忙里寻闲，潜心读书，专心耕耘者又有几人？多年来，佳作不断，其精力何来？时间何在？跬步千里，其毅力令人感叹，勤奋让人折服。

庆国有心人。七情六欲谁人都有，事物大小必有来由。

无心者难解其缘，有意者常悟其理。朋友聚会，多由他各方招呼。酒坛"高论"杂而无味，他却洗耳恭听。酒后烦言是非难明，可他一笑了之。然而，他竟在区区小事、片言只语中留心思索，从中理明是非悟出其理。眼前的《坐而论道》便是其有心之见证，深思之结晶。

善观察，多思索，喜读书，勤落笔集庆国于一身。继《心叶集》之后，《坐而论道》是他又一佳作，读后令吾深思，给吾感悟。书中所录随笔五十余篇，篇篇见有所思，思有所悟，细细品味多有联想。譬如《幸福不幸福？》乃常有话题，谁人幸福，谁人不幸福只是相对而言。常生欲望、多求欲望者，到头来幸福难求，只落得苦恼多多；烦愁累累。欲望莫高，欲望莫多，幸福则常在身边。又如《把我怎么摆？》则告诫官员弄清为何做官。官员乃百姓公仆，权力则人民所赋，理应为民而想为民而为。切莫因"我"而争，为己而做。"把我怎么摆"，首先要摆正自己。再如《诚实与沉重》，告诫人们在急剧变革的时代，更应守实笃信，淡泊功名，真诚相待，荣辱不惊。总之，不虚美，不隐恶，直抒胸臆，一浇块垒，使书中文章气贯首尾，而思想深邃，视角独到，语言朴拙，又使得全书风格天成。

当今社会，行行业业过重学历。此风过重，恐误能人。纵观历史，安徒生读学多少？关汉卿有何学历？鲁迅只中专而已。重学历无可厚非，但能力终究高于学历。庆国确实上学不多，但就创作能力而言，又有多少高学历者可与之相比？就功力而言，在国学中浸泡多年者也难以胜之。是何原因？勤于思考，笔耕不辍是也。读其文章如潺潺小溪，清澈流畅；品其含意如沥沥春雨，润物无声。

曹丕曰："盖文章者，经国之大业，不朽之盛事。"千古悠悠，烟海茫茫，古往今来，先人旧事，何以传承，唯旧笺新书也。且不知，著书者含辛茹苦，劳心于朝曦沉暮，呕心沥血，伏案于青灯黄卷。庆国多年耕耘，倾其才智心血奉献世人，其精神令吾敬佩，其功德终有评说。最后，再祝庆国老弟又成佳作，早日付梓。

是为序。

2007年8月

为托县城雕《黄河颂》而作

　　大河水汤汤，烟波裂大荒。转首别西北，莽莽向南方。宿昔斯土，锦鳞隐现，白羽翔集。芳草茂而绿两岸，桑麻盛则逐四围。古云中，襟黄水，扼阴山，真乃兵家之重镇；老河口，通大漠，系中原，却是商贾之要津。水陆贯通，丝路由来惠及宾朋；汉蒙交融，茶道且可结缘秦晋。千秋隐隐，但见此地逐年昌盛；百世悠悠，更有庶民每创辉煌。山川巨变，万象更新。切不可忘却祖辈先人。遥想当年，老艄公仰天长啸，号声气贯长空，唤起千帆竞发；河路汉戮力同心，费尽移山气力，搬来万户人家。观今怀古，望长烟而神往；触景生情，忆先人而浩叹。黄水滔滔，涌动中华之血脉；天风猎猎，颤动民族之心弦。

2008年8月

为冯永林《怀玉集》作序

庙堂高耸，冠冕芸芸。朝来暮往，走马移灯。旧时遗风，官场犹存虚礼；如是当今，新贵酷好空谈。真言直吐，已是难能可贵；言情喻志，可谓寥若晨星。偶得冯君永林诗文，闲来信手翻阅，不禁心头悚然，让吾惊叹，令吾折服。未曾想府公之中，竟有俊朗之士。由此而始，与君结缘神交，终成挚友。岁至壬辰，君之新篇，又将付梓，吾之有幸，竟可先睹。冯君好学，夜守青灯，耐得寂寞，熟读文史。辛劳笔耕不辍，篇什多多；深思追想不竭，华章累累。赏其诗语，敬畏文人雅士；品其秉性，真乃性情中人。君喜游历，颇善移情于物；君善遐思，惯能借物抒怀。驰骋苍原以拓展胸襟，斜穿大漠而放纵心扉。醉卧毡房，流连野草之芳郁；徜徉湖畔，沐浴水天之清朗。"未及深谈人已远，终遗浅恨日将昏。有缘千里非虚语，约定天边看彩云。"寥寥数笔，可见其心。君虽未隐林泉之中，却是不入俗流之里。描摹物态，艳雅清和，可见其善良天性；笔扫虐贪，义愤填膺，尤显其文人傲骨。"薄雾轻云笼碧霄，蒸蒸暑气汗如浇。读书难抵三餐饱，为宦耻居七尺高。鼠辈营营皆异类，儒林屑屑岂吾曹。仰天一笑鸣霜剑，何日骑鲸斩巨鳌。"忧国忧民,慷慨长歌。行间字里,不隐锋芒。天爱其精,地爱其平,人爱其情。冯君《枕石集》《怀玉集》中,不乏清辞丽语,不乏蜜语柔情。既可反复吟咏,又能唤起共鸣,必成传诵之佳作也!

2012年3月

翩翩飞羽入云霄

为李振东《灵动飞羽》作序

古人云："工夫在诗外。"余不疑也。读罢振东君大作《灵动飞羽》更证此言不虚。朝树暮云，心有所感。夜成小诗，聊表贺忱。诗曰："寒林大野路迢迢，长唳声声破寂寥。风动蒹葭摇碧影，翩翩飞羽入云霄。"

振东君为官久矣。上世纪八九十年代已先后当县令，作州官。犹在神州欣然崛起之时，恰执塞上筑巢之印，不可不谓官居显赫，权掌要津。然君子尚德，既不屑趋炎附势，更不解官场风情。工作之余，把大量的时间花在了结交文化人，探寻真艺术之上。究其缘由，志趣使然，品性所致也。同声相应，同气相求。吾与振东渐由点头寒暄终成知音挚友。二人不时对月邀樽，谈诗论影，品茶论道，絮语交心，真可谓"相见亦无事，不来忽忆君"。

文人宜散不宜聚，"聚"是本能，"散"是修养。李白漫游山川，杜甫栖居草堂，范仲淹危楼题记，陶渊明隐逸桃园。未见搭帮结伙，均可独善其身。虽孤为闲云野鹤，却流传千古文章。热衷朱门走马，沉浸酒绿灯红，何来鸿篇巨制？心在投桃换李，意许顶戴花翎，断无锦绣华章。振东远离闹市，独步洪荒，情寄山水，为伴鸣禽，静气凝神，上善若水，原本无意为文而自成文人情怀。内蒙古摄影家协会主席说："李振东是聪明人，立意高远，出手不凡。"吾以为不仅如此。人常道："业精于勤荒于嬉。"对于艺术，振东君也是吃苦人。几度大漠探险，数年草原跋涉，长期坚持不懈，痴心寻觅奇绝。凛冽深冬，锡盟大地雪雾浑茫，北风猎猎，而吾与振东却在此时此地不期而遇。但见他着迷彩，挂银霜，胸前一台相机，身后两行足迹。天地之间款款走来，宛如独行侠客，云游壮士。夏日草原，烈日灼灼，酷暑难耐。又见振东蛰伏于草木之间，守候于河湖之畔，捕奇影，猎天姿。耐不住含辛茹苦，何来的震撼大片？振东者，聪明人，更是吃苦人。

　　纵观影坛，以鸟为题者多矣，然出类拔萃者鲜矣。《灵动飞羽》赫然问世，所集图片两百祯，多属珍稀、上乘之作，可谓凤毛麟角。其匠心独具或可清定脑海，其格调雅致或可洗涤凡心。茫茫雪原银装素裹，竟有空灵的雪鸮悄然而至，与田鼠嬉戏成趣；滔滔大河裂荒而去，凌空俯瞰，浩荡苍茫，恰逢圣洁的天鹅迁徙而来。蒹葭摇曳，引来徐徐清风，白羽点水，啄起闪闪银鳞；平湖落日，倒映归巢倦翅，烟霞余晖，勾勒翩翩风姿……读之品之，不觉心醉，渐入如画天堂。非圣手，谁能借镜底描绘丹青？无真情，谁能凝一瞬而成永恒？能以真情妙手动人者，振东也。《灵动飞羽》

乃振东君处女之作，也是塞上影坛新花，虽然初绽枝头，却已溢彩流芳。大作面世，击节高歌，吉兆新途伊始；解甲归乡，除却粉墨，更能信马由缰。德助才长，天道酬勤，衷心期待振东佳作不断，更上高峰。

2014年6月

内蒙古赋

天宇浑茫兮盖八方,长空万里兮地无疆。云横巨野家何在,碧落穹庐是故乡。

内蒙大地,漠野苍凉。雄踞北方,翘首天罡。文明古老,源远流长。方域之广袤,跨三北而襟八省;边陲之辽远,邻两国而接大荒。远古遥遥,天地泱泱。混沌乍裂,隐现神龙天马;化铁开山,恍见白鹿苍狼。芳草萋萋茂之丘壑,丛林郁郁盛之平岗。山叠翡翠,水映琳琅;钟灵毓秀,凤舞鸾翔。

宿昔斯土,青史绵延。大窑[1]采石,开史前之利器;红山[2]琢玉,显中华之龙蟠。赵武灵王,仿胡服而学骑射,兴云中而筑九原。匈奴单于,迎昭君而归蔡琰,安塞北而宁漠南。嘎仙洞铭记鲜卑,拓跋氏入主长安。辽中京藏垣掩壁,契丹国盛誉回旋。待到黑水奔流,鲲鹏之变:铁木真统领蒙古,挥鞭远瞩,横跨欧亚,势若排山。忽必烈南征北战,平定四野,一统天下,国称大元。继有俺答封贡,隆庆和议,归化城因此而车马辐辏;满蒙联姻,兄弟把臂,绥远城于是乎市贸浩繁。至若英雄东归,土尔扈特悲歌击筑;抗垦起义,嘎达梅林血漾漪涟。忆往昔,长河大梦,难以细言。

千秋风雨,濛濛往事;万里边墙,累累鳞伤。幸有南湖红船圣火,照明北疆阴山灯光。大革命,赤潮汹涌朔漠,古城池,青衿论讨兴邦。泰安客栈[3],关山度若飞;巴氏家庙[4],时雨化云章。百灵庙枪声荡野,土默川剑刃飞霜。可叹也!诺门罕三国鏖战,满天烟火,遍地痍疮;可赞也!五原县两军戮力,万民同心,痛击"东洋"。东北抗联,三入呼盟,唤醒民族救亡;青山支队,八年浴火,血沃战地花黄。抗日功成,重振国纲。联合民族自治,携手共创辉煌。日月合璧,东西终归一体;五星连珠,红城[5]托起朝阳。

征尘未洗,再披戎装。打包头群雄赴死,战归绥血染沙梁。清河拉锯,计七出而八进;集宁攻守,历一生而九殇。汉蒙父老,送儿郎倾其所有;工农子弟,修戈矛共铸铜墙。魔道相争,正义必胜;赤帜高举,风卷旗张。终以"绥远方式",谱写正道沧桑。

霞光灿灿,日出东方。柳色青青,春暖北疆。长川迢递,骁腾骏马;芳草碧浪,涌动牛羊。嫩江汩汩,滋润松辽之沃土;黄水粼粼,富庶河套之粮仓。叠岭层峦,缠绕梯田林带;边关紫塞,守望牧野农庄。渔歌唱晚,达赉湖烟波淼淼;白羽翔集,居延海云水汤汤。青山着雨,玉泉吐绿;桃李争艳,春意高昂。碧原孟夏,细流环绕;野花绣地,暗送清香。大漠秋深,驼铃回荡;胡天古树,满目金黄。兴安傲雪,银峰含翠;天河星落,梨花飞扬。真乃六合清朗,八节瑞祥。

壮哉中华！鹄飞举万里；美哉内蒙！鹤翥冲九天。改革之气度，似雷惊大地；开放之襟怀，如海纳百川。深情追梦，日朗花妍。借东风浩荡，乘大势扬帆。共万马奋蹄，吾率先挥鞭。三盟振翅，九市比肩。一树临风，万朵花冠。

　　北国膏壤，天赋盈丰。逸名巨才，拥倾国之宝物；仁山智水，引盖世之精英。挥科技之椽笔，开未来之门庭。创驰名之学府，育桃李而欣荣。工农重组以绿色兴业，城乡并举与市场协同。煤城灯火点燃大地，钢都铁水飞迸天星。航空纵横梨云之路，高铁飞达掣电之程。更有甚者，阿拉善直通星月，乘飞船遨游于银河；云计算容纳天地，互联网密布于当空。立交环绕，坐骑如风。商贾口岸繁华似锦，茶马古道再度勃兴。晨光潋滟，凌铁塔于霄汉；夕照朦胧，笼广场于烟暝。高楼林立，绰绰隐隐；天街闹市，沸沸盈盈。车水马龙，纷繁而并茂；花海人潮，异彩而纷呈。画坛闪烁霓彩，绿树簇拥华灯。喷泉为天风动色，锦瑟与浪蕊和声。

　　边陲重镇，雍雍有致；绿色长城，漠漠无沿。韶光烂漫于天阙，佳色绚丽于人间。骏马轻蹄争雄健，盛装漫步竞斑斓。献哈达以表胸臆，斟美酒以润心田。歌如煮海，喜迎五洲宾客；舞若惊鸿，萦结四海情缘。守望相助，共苦同甘。金汤永固，水乳相安。震古烁今兮民族自治，千秋伟业兮炳耀坤乾。

2017年5月

注释：

　　［1］大窑：即大窑文化遗址，位于呼和浩特市东郊，距今五六十万年之久，是旧石器时代的石器制造场。

　　［2］红山：即红山文化遗址，位于赤峰红山，距今六千年左右，出土大量彩陶、玉器等文物，其中最为珍贵的是猪首土龙，人称"天下第一龙"。

　　［3］泰安客栈：位于包头市东河区复成元巷，是王若飞同志开展地下工作时居住和被捕的地方。

　　［4］巴氏家庙：也称包头召、福徵寺，是国内革命战争时期中国共产党的秘密联系点之一。

　　［5］红城：指乌兰浩特，意为"红色的城市"，1947年5月1日内蒙古自治政府在此成立。

扫码获取
诗韵之声

乌兰牧骑礼赞

　　岁月不居，时光如箭，转眼之间，乌兰牧骑已至耳顺之年。回眸去日，半世荏苒。然而，其盛名美誉，却是有增无减。重返故土，遐思悠远。穿越漠南塞北，轻蹄健影朦胧可见；行走苍原碧野，俊貌英姿浮现眼帘。献边塞之歌，赞叹山河之壮美；展民族之舞，拨动牧人之心弦。赤子情怀，依然浓烈，前辈风彩，世代相传。往事历历在目，感慨涌触心田。特呈自度之曲，以作甲子赞言。

　　踏天籁，舞翩跹，誉满草原。流芳愈长久，甲子一环。跨轻骑横穿朔漠，顶风雪往返边关。牧野中，惊鸿仰落，迎来百花竞春妍；阑珊处，灯火浑然，捧起明月照霜天。喜看那，八千里锦绣山川。犹可见，夕阳红，晨光滟，霓彩满人间。

2018年3月1日

第十五届中国·内蒙古草原文化节颂词

天风浩荡,大野苍茫。穹隆不尽,遐宇无疆。

辽远之北方,雄浑而壮美;蓝色之高原,广袤而芬芳。文明历久似长河漫漫,青史浩瀚如烟海泱泱。

远古风情,印记于岩画;先辈神功,琢玉为龙蟠。胡汉和亲,同奏江南琵琶塞北弦;南北交融,共赏敕勒边歌绕阴山。上京之故地,盛名悠远;天骄之寝宫,酥灯长燃。极路遥迢,惯看星明火暗。古往今来,更喜日朗花妍。柳色青青,春光灿灿。鹄飞万里,鹤翥九天。真乃,长歌引诗心激越,安代起舞虹飞旋。

赞叹乌兰牧骑,穿朔漠,走莽原,往返田畴牧野;奏天籁,舞翩跹,情系百姓心田。长天为幕,琴声飘四野;大地为台,鼓乐震九边。马蹄叩边塞,踏歌伴村烟;篝火回风舞,霓裳绕云间。追忆往昔,横穿海内巡演,故而名扬大江南北;再看今朝,一代伟人寄语,更见赤旗猎猎高悬。

都市文化,日益丰盈。晨光潋滟,夕照朦胧。天街闹市,繁华而兴盛;花海人潮,异彩而纷呈。白鸽环楼宇,紫燕剪湖亭。艺廊幻化憧憬,街舞簇拥华灯。喷泉为天风动色,锦瑟与浪蕊和声。

边陲小镇，歌者之梦乡；塞外村落，诗人之殿堂。短笛清脆，长调悠扬。闲坐新舍，游心寓目于天下；青衿学子，流连忘返于书廊。群山着雨，谱写昂然春意；野花绣地，描绘绿草幽香。大漠深秋，摄取金飘碧落；银锋含翠，酬唱梨花飞扬。

精品佳作，层出不穷；鸿篇巨制，接踵而生。古老之风情，沉雄而典雅。新潮之综艺，惬心而动容。百花斗艳，深情追梦。歌如煮海，舞若惊鸿。

草原文化节，盛举十五春。传承亦发展，坚守亦创新。花香满路，砥砺前行。姹紫嫣红，施展百家魅力；人文荟萃，云集八方精英。无愧当今，群贤毕至高原；展望来日，必可立马高峰！

春雷激荡巨野，黄钟唤醒洪荒。改革之力度，同江河奔泻；开放之胸怀，共天海徜徉。山叠翡翠，水涌琳琅；钟灵毓秀，凤舞鸾翔。骏马奋蹄争雄健，吾辈挥鞭最昂扬。时代之召唤，人民之期望，中华之梦想，世界之荣光。韶光映天阙，祥云守故乡。恭迎五洲宾客，献哈达以表胸臆；萦结四海亲朋，斟美酒以诉衷肠。不忘初心，同甘共苦，守望相助，固若金汤。

美哉，内蒙古！遨游无边草浪，放歌如画天堂。壮哉，内蒙古！今朝宏图大展，明日更加辉煌。

2018年5月

三秋献礼

　　往事如烟，今时如箭。田园一日，市井三秋。耳顺之年，再抱平常之心，重返艺林之路；结交布衣挚友，共度百姓流年。鞭指远天，足踏漠南塞北；望收平野，目极白草长川。品高原之酒，赏边塞之歌；跨追风之马，读牧人之情。山川壮美，今存几许？焉不动我情怀。民风古朴，得遇弥珍，更是挂我心扉。虽已年近迟暮，忽又返璞归真。天生性情，实难掌控，旧业重操，故艺复现。挥楮墨写春绿秋黄，举长镜摄冬疏夏密。捧赤子之心，刻画民族风骨；录写真之相，传延英雄血脉。天风浩荡，大野云横。苍原辽远，不能尽收。只呈得自度一曲，聊作《三秋献礼》。

　　披寒星，戴冷月，走马苍原。凌风向天际，横泪扬鞭。穿夜幕青女翩然，踏层冰梨花飞旋。昔日里，边关惨淡，远逝了往日烽烟。一路上，沙草浑茫，久违了旧世容颜。只为那，八千里几度重缘。宁可是，化长风，逐烈马，无愧对长天。

扫码获取
诗韵之声

2018年8月

祭父辞

痛定余悲长歌起，感怀怅触付哀弦。岁次乙酉六月，慈父相别五载。星霜屡移，魂难半日澄宁；暮去朝来，心曾片刻恬安？仲夏更深，孤影临风；心香一炷，哀祭灵前。冉冉流年往事，历历浮现眼帘。

祖居陕北神木，植根黄土高原。家境贫寒，耕田向无半垧；年光苦涩，寒窑空有一间。神鬼有私不怜穷，姑妈幼为童媳；上苍无眼偏欺弱，重慈早谢尘寰。家父揽工为生，终日劳筋苦骨；挨时唯有生死，斗粮苦度荒年。豪门吮尽穷人血，苛捐浑似鬼门关。天灾尚可忍，人祸实难容，愤而离乡背井；人穷非志短，血气亦方刚，慨然斩木揭竿。

"七七"炮响，卢沟硝烟弥漫中华大地；"三八"枪鸣，赤县烽火点燃边塞蒿蓬。山河破碎，中华同仇敌忾；家国危亡，志士义愤填膺。神府壮别，黄河东渡；偏关听令，右玉请缨。随将帅跃马长城内外，携士卒转战晋陕绥蒙。沟壑战凶顽，捍卫同胞故土；川原起狂飚，赤帜翻卷雷霆。宵衣旰食，晨昏游击倭寇；马不解鞍，寒暑袭扰敌营。狭路相逢，奸佞命绝浑水；铁壁突围，群雄血洒山城。攻取清河，计七出而八进；鏖战平朔，历九死而一生。威震青山，日伪闻风丧胆；边关紫塞，留取赫赫英名。

岁月艰辛，仍有鸿心之憧憬；境遇飘零，犹存男儿之常情。战地遇姻缘，蓝市布半匹结连理；村野完婚配，清水面一碗宴宾朋。东征西战，马背驮筐栖旅小姊弟；南辗北转，山间窑洞拨亮麻油灯。单骑思胜友，隔群山聆听延河之酬唱；困境显精忠，穿夜幕遥望宝塔之通莹。拼死相搏，正义必胜；浴火百战，豪气峥嵘。不负黎民之重望，终获革命之功成。

绥远解放，喜看普天同庆；残匪未灭，不及掸落征尘。轻骑奔袭，分道并进朔北；拨马回枪，再现铁血形神。劲风扫余孽，豪情荡川岑。扎根九边沃土，共建人民政权；心连北疆父老，情系世代家林。

所记犹新：境域之艰苦，父辈之忠勤。奔波塞北，乐成乌兰察布、平地泉合璧；往返漠南，喜结锡林郭勒、察哈尔联姻。西下乌达，掘煤奉送温暖；东上红山，取电播洒光明。迁居钢都，兴工助之国盛；赴任河套，营农祈之年丰。时至耳顺之年，故地呼唤复归。再往乌海，梅开三度；重返乌盟，署职两任。调令频频，慈父换岗数十次；搬迁屡屡，孩儿转学竟七回。

名位高，官身何曾由己；职权重，家舍依旧清贫。母亲茹苦含辛，茧手拉扯七儿女。父亲劳碌公务，薪金供养十口人。度日勤俭，缝来补去，翻新袄接续四姐妹；生活拮据，走线飞针，纳布鞋相继三弟兄。良母持家，苦中亦有乐；慈父教子，品学盼双馨。满堂洋溢天伦美，友善谦和待睦邻。人常言，十年光阴磨难苦；父以为，包羞忍耻莫回头。不语心伤，不言骨残。神不足惧，死不足忧。苟利国家生死以，淡然一笑泯恩仇。

父之品格，子嗣之楷模。儿学之：待人坦诚，不与媚俗同伍；胸襟浩荡，不存狭隘之心；处事公正，不分贫贱富贵；为官清廉，不容沾染垢尘。父之雄略，后世之师表。儿学之：不畏艰险，一往无前志不渝；不畏强敌，一身正气向乾坤；不畏劳苦，一心为民终不悔；不畏谗毁，一片冰心自清贞。父之箴言，晚生之铭戒。儿学之：莫受嗟食，莫饮盗泉，不敢污名伤天理；莫惧豪强，莫欺贫弱，无情无义丧人伦；莫求空名，莫慕虚荣，务实求真成才士；莫说己长，莫道人短，荣辱不惊自悦欣。父之身教，泽儿今世；父之言传，惠儿终身。

时至庚辰，父龄八十有一；日渐心衰，言容混含惆怅。慈父之心，儿有所晓：阔别故园六十载，族人安在？老妹过世已十年，寿寝何方？小儿无辜受伤残，后日谁能予济？发妻退职无薪俸，四壁怎伴遗孀？存抚诸事纷纭众，焉忍撒手平生后；并非英雄无泪雨，却是愁绪绕离伤。口吐喃喃梦语，眸含隐隐心窗；强撑嶙嶙弱躯，轻拂缕缕鬓霜。犹显当年风采，依旧侠骨柔肠。

慈父将别，老母强咽泣啼；慈父终去，儿女难抑悲声。

举目望苍天,苍天无语;叩首问大地,大地失音。九皋唤云鹤,哀唳萦绕;空林告子规,啼血低吟。

诀别千日,思之绵绵情切切;离怆五秋,念之悠悠意惶惶。蒙眬欲睡,音容笑貌徘徊不去;梦寐神恍,举手投足犹在身旁。参商孤冷,奈何亲人不得见;心事泪说,只恨生死两茫茫!

呜呼慈父,生为人杰,逝为鬼雄!呜呼慈父,精神不朽,浩气垂虹!

辞不达意,难表父子情深;拙文献上,以尽纯孝丹衷。

2019年9月5日

扫码获取
诗韵之声

蒙古马赋

去若强弓乍放弦，

来如雷滚地生烟。

金鬃电尾千条线，

逐日追风振九天。

北方大地，韶光普照；塞上高原，紫气升腾。佼佼者蒙古骏马，宛如仙驹霓骑，徜徉于碧野苍穹。可谓长天之瑰宝，大漠之神灵。

惠风徐徐，沐其形魄；春阳熠熠，育其心襟。凤骨龙姿，颈首高昂向天际；神情自若，明眸清澈望北辰。桀骜不驯却怀义含仁，目交心通则相许终身。动展雄风，静掩含英。肢蹄憨劲，耐力无穷。踏风而来，身如美鹿；超光而去，志比鲲鹏。无愧草原之骄子，牧人之亲从。

塞外多良骥，古今溢美名。白额海骝马，青眼玉花骢。更有汗血乌骓，辈出飞黄绝尘[1]。望云龙骥踏飞燕，走险鹿骇履薄冰。鬃鬣飞扬狂飚起，星火连蹄响銮铃。行如卷地，奔若凌空。千里之距，一日之程。

大野凝寒，冰封雪冻。天飞白草，地走蒿蓬。朔风凛冽锥刺骨，玉勒[2]银鞍汗气蒸。甲兵之本，国之大用。临军对阵，望旌旗而躁动；能征贯战，闻鼓角而嘶鸣。铁骑当风则横跨欧亚，金阵趟雪而雄贯九垠。开疆扩土，天宇纵横；马背兴邦，名就功成。

春风带雨，芳草丰茸。放歌走马，金友玉昆。车辖铁尽[3]，长是披星戴月；服田力穑[4]，甘为俯首耕耘。飞鹰奔犬，纵缰于猎场；忠心贯日，游牧于家林。

岁月不居，时光远逝。白驹过隙，故影朦胧。犹见蒙古马：不畏劳苦，奋力前行；矢志不渝，竭力尽忠。骁腾于巨野，大地轰鸣；仰天而长啸，浩气如虹！

2020年1月

注释：

[1] 汗血、乌骓、飞黄、绝尘：均为我国古代名马。

[2] 玉勒：指马。

[3] 车辖铁尽：形容长途跋涉。

[4] 服田力穑：指努力从事农业生产。

【编者语】 写旧体诗词，必兼备才情与学问，否则难成其事。石玉平先生旧学功底深厚，并以才情仙逸著称。其一生所著诗文涉及面极广，作品寄意遥深、声韵考究、诗境独特、迥不犹人，广为读者与业内人士盛赞，堪称文坛翘楚。

先生创作从不走庸熟蹊径，字句发自肺腑，思想表达与风骨气度俱现，意韵新颖，且张力强烈、落笔惊风，彰显先生素养深沉，更见其苍桑阅尽、视野高瞻、胸襟宽博和高山仰止之人格。

《长河寻梦》是石玉平先生多年创作之集萃，编者从先生遗存诗集里和诸多零散作品中精选诗词文赋170首收录其中，以期达到"见文犹如见君面"之效果。

为尽显石玉平先生真实完整形象，亦为深切缅怀，特以先生长孙石子碧原所作悼文一篇以代后记。

唯有相思无尽处

（代后记）

亲爱的爷爷！在您弥留之际，呼和浩特降下漫天大雪，大片大片的雪花舒然飘落，像极了您走路不紧不慢的样子。我在想，是不是有一个更纯洁的世界来迎接您？抑或，这温暖的人间在为您送行。

前天夜里，我爸爸接到一直为您装裱书画的吴老师的电话，这位外乡人在电话里失声痛哭，他说："自家父去世，我再无这般悲声难抑。石大哥待我如兄如父，是我在艺术上、人生中的良师益友。" 在您辞世后的几天里，天南地北数不清的您的生前挚友、志趣相投的同仁，甚至久疏函候的故交，纷纷前来吊唁，撰写吊文。香灰如雪、泪雨清然，一声声"大哥"，一声声"老石"，抒发着心中爱戴，饱含着万般不舍，寄托着无限追思……

您的人格魅力，您的亲和形象，您的有口皆碑，再次让我深感震撼，令我无比钦佩。在同事眼里，在亲友心中，您是一位德高望重、才艺双馨的老领导、大学者、艺术家，更是一位纯情至善、宽博可敬的好同事、好朋友、好大哥。

爷爷！您自幼随祖爷爷转战晋绥长城内外，柳筐和马背就是您的摇篮，红色血脉早已刻入您的基因；青年时，您当盐工、种水稻、下乡插队、务农耕作，繁重的劳动和艰苦的生活，锤炼了您坚韧刚毅的精神品质，涵养了您真诚坦荡的人生态度，塑造了您从容淡定的处事风格。您的性情和品格深深感染着每一个人。

爷爷！您崇文尚武，青年时期从师苦练七节钢鞭，练就了矫健身手，更铸成了您的侠义风骨。从儿时起，我就钻在您的被窝里听您讲美髯公关羽的忠肝赤胆、小旋风柴进的慷慨仗义、忠义侯岳飞的精忠报国。后来，我明白，这些您如数家珍的英雄人物，不仅活在文史典故里，更融进您滚烫的生命中。您广交朋友，不论尊卑，始至旧雨，延至新知；您情深义重，豪爽助人，上至鸿儒，下至白丁；因您在兄弟里排行老大，担负着长兄的责任，久而久之，许多朋友都称您为"大哥"或"老石"。曾几何时，我也称您"老石同学"，与您像好伙伴一样默契，成为一对让我骄傲、令人羡慕的爷孙忘年交。

爷爷！您从小教育我学承传统美德，人无礼则不生，事无礼则不成。您以身作则，不论对家人、同事、朋友甚至陌生人，总是谦卑低调、以礼相待。我的钢琴老师上门辅导，只要您在家定会热情相迎、出门相送，您时常叮嘱我"不管什么场合都要尊敬师长，无论任何时候都要感念师恩"。在连辑、权延赤、额博、李树榕等等众多前辈、学者的笔下，您知书达礼、谦恭下士。让我印象最为深刻的是，您当年放弃重要活动，未受邀约却专程前往参加传达室守门人的婚礼。您与人为善、重礼明德的作风早已成为我处世立身的基本准则。

爷爷！您的艺术作品诗、画、影珠联璧合、相得益彰，不仅记录大千世界的五彩斑斓，而且触及生命深处的精神信仰。《闲情三片》《烈马追风》《大漠苍烟》《长河寻梦》……我能深切地感受到您对艺术的崇尚，对创作的执著，对生活的热爱。在我摸索艺术创作的历程中，您从不教条式讲述艺术之应然，而是全力支持、启示思辨和悉心陪伴，使我浸润于充斥着自由、理想与浪漫的生命状态中。仍记起，幼小的我抱着您的长焦镜头在床上打滚，顽皮的我沾墨挥毫在您书房墙上留下"墨宝"一篇。那是您多么厚重的爱与期待，更是我此生不绝的敬与缅怀！您对文学艺术的细腻感触、对市井烟火的深沉情感、对自然世界的通灵融汇，坚定了我追求艺术的信念，给予了我探求精神世界的启迪，鼓舞着我感悟生活的真谛、寻找生命的意义。

爷爷！您身患重病十年，经历手术两场，多次接受放疗，饱受病痛折磨，身心备受煎熬，但依然保持一贯的诙谐幽默。即使身卧病榻最后几天，您仍与精心照料您的医生护士谈笑风生，流露出您与生俱来的乐观豁达。您好强、自尊、示人以暖，婉拒了许多前来探望的亲友，只是不愿让人看到您的憔悴面容。

爷爷！而今您去，所往之地比远方更远，有草原、有海湾、有高山、有云海，了无病痛，风光无限，那是您一路行走过的地方。我为您而喜，又为己而悲。您曾对我说："你之于我，就好像呼吸般自然而不可或缺。"这是血脉的连结，这是灵魂的共鸣。我的名字为您所赐，我的人生有您指引。您是我的知音，是我的精神导师。您的离去，对我来说，是一部分生命随之凋谢——我的文字无人指正，我的摄影无人欣赏，我的琴声无人聆听，我的人生无人领航。我唯有在无尽思念中，遵从您的教诲，踪寻您的足印，求索我之所求、如愿您之所愿。

落笔难书泪湿卷，相思何处是尽头！

爷爷！我只想以这种您习惯了的浪漫语言与您告别，愿您可以逍遥离去。请您放心，我一定和爸爸、妈妈照顾好奶奶，让奶奶安享天伦之乐。您的知交故旧仍然是咱家的亲密挚友，我们将像珍视您一样，珍视您的友谊，把这份情缘长久延续下去。

爷爷！那一场漫天大雪已经开始悄悄融化，露出了您笔下那虬劲的腊梅，露出了您慈祥的脸庞。洁白的雪，滋润着平实的大地，也滋润着我的心……

亲爱的爷爷，亲爱的老石同学！

您，听到了吗……

石子碧原

2023年2月16日

扫码获取

▶ 画影之境